# FJODOR DOSTOJEWSKI

# Weiße Nächte

Dieser Text ist gemeinfrei.
Er folgt der urheberrechtsfreien deutschen Übersetzung von 1917, Gustav Kiepenheuer Verlag.
Neuausgabe, bearbeitet: 2020.
2. Neuauflage: 2020.
Herstellung und Verlag: BoD – Books on Demand, Norderstedt.
www.bod.de
Coverfoto und -gestaltung: Caroline Stern, Berlin.
ISBN: 978-3-750-48041-4
Bibliografische Information der Deutschen Nationalbibliothek: Die Deutsche Nationalbibliothek
verzeichnet diese Publikation in der Deutschen Nationalbibliografie; detaillierte bibliografische
Daten sind im Internet über dnb.dnb.de abrufbar.

# Die erste Nacht

Es war eine wunderbare Nacht, eine von den Nächten, die wir nur erleben, solange wir jung sind, freundlicher Leser. Der Himmel war so sternenreich, so heiter, dass man sich bei seinem Anblick unwillkürlich fragen musste: können denn unter einem solchen Himmel überhaupt irgendwelche böse oder mürrische Menschen leben? So fragt man nur, wenn man jung ist, freundlicher Leser, wenn man sehr jung ist; doch möge der Herr Ihnen solche Fragen öfter eingeben ... Da ich gerade von allerlei mürrischen und bösen Herrschaften spreche, muss ich an mein musterhaftes Betragen während des ganzen heutigen Tages denken. Schon vom frühen Morgen an quälte mich ein seltsames Unlustgefühl. Es war mir plötzlich, als ob ich, Einsamer, von allen verlassen sei und als ob sich alle von mir lossagten. Nun kann man mich allerdings fragen: wer sind diese »Alle«? Denn ich lebe schon seit acht Jahren in Petersburg und habe es bis heute nicht verstanden, Bekanntschaften zu machen. Wozu brauche ich auch Bekanntschaften? Ich kenne auch so ganz Petersburg; darum hatte ich auch das Gefühl, von allen verlassen zu sein, als ganz Petersburg aufbrach und in die Sommerfrischen zog. Es war mir so schrecklich, allein zu bleiben, und darum irrte ich ganze drei Tage in der Stadt umher, von einem starken Unlustgefühl bedrückt und ohne zu begreifen, was mit mir vorging. Gehe ich auf den Newskij-Prospekt oder in einen Park, oder irre ich an den Kais entlang, – nirgends treffe ich auch nur ein Gesicht von denen, die ich gewohnt war, das ganze Jahr hindurch an einer bestimmten Stelle zu einer bestimmten Stunde zu sehen. Alle die Leute kennen mich natürlich nicht, aber ich kenne sie. Ich kenne sie ganz genau, ich habe ihre Gesichter studiert, – und ich habe mein Vergnügen an ihnen, wenn sie vergnügt, und bin verstimmt, wenn sie missvergnügt sind. Mit einem alten Männchen, dem ich jeden lieben Tag zu derselben Stunde an der Fontanka zu begegnen pflegte, bin ich beinahe befreundet. Er hat ein so ernstes, nachdenkliches Gesicht, murmelt sich immer etwas in den Bart, schwenkt den linken Arm hin und her und trägt in der rechten Hand einen Knotenstock mit goldenem Knopf. Auch er kennt mich bereits und nimmt an mir großen Anteil. Ich bin überzeugt, dass er sehr verstimmt sein wird, wenn ich zur bestimmten Stunde an einer bestimmten Stelle der Fontanka nicht erscheine. Darum sind wir nahe daran, einander zu grüßen; besonders, wenn wir beide gut aufgelegt sind. Als wir uns neulich ganze zwei Tage nicht gesehen hatten und uns am dritten Tage wieder trafen, griff ein jeder von uns nach seinem Hute; wir beherrschten uns aber noch zur rechten Zeit, ließen die Hände sinken und gingen mit teilnahmsvollen Blicken aneinander vorbei. – Auch unter den Häusern habe ich Bekannte. Wenn ich eine Straße entlang gehe, so eilt mir jedes Haus gleichsam etwas entgegen, blickt mich mit allen seinen Fenstern an und spricht: »Guten Tag! Wie geht es Ihnen? Mir geht es, Gottlob, recht gut, und im Mai bekomme ich ein neues Stockwerk.« Oder: »Wie ist Ihr Befinden? Was mich betrifft, so komme ich morgen in Reparatur!« Oder: »Ich wäre neulich um ein Haar verbrannt und bin mit ordentlichem Schrecken davongekommen« usw. Ich habe unter ihnen meine

Lieblinge und gute Freunde; eines von ihnen hat die Absicht, sich diesen Sommer einer Kur bei einem Architekten zu unterziehen. Ich habe mir vorgenommen, es jeden Tag zu besuchen: dass man es mir, Gott behüte, nicht zu Tode kuriert! ... Doch niemals vergesse ich die Geschichte mit einem reizenden hellrosa Häuschen. Es war ein so liebes steinernes Häuschen, es lächelte mich immer so freundlich an und blickte so stolz auf seine plumpen Nachbarn, dass sich mir jedes Mal, wenn ich vorbeiging, das Herz im Leibe freute. Doch wie ich in der vorigen Woche vorbeigehe und meinen Freund anschaue, höre ich plötzlich seinen Jammerschrei: »Man streicht mich gelb an!« Diese Bösewichter! Barbaren! Nichts haben sie verschont: weder die Säulen, noch die Gesimse, und mein Freund wurde gelb wie ein Kanarienvogel. Mir lief vor Erregung beinahe die Galle über, und ich bringe es auch heute noch nicht übers Herz, meinen verunstalteten armen Freund aufzusuchen, den man in der Farbe des Reiches der Mitte angemalt hat.

Nun verstehen Sie wohl, freundlicher Leser, auf welche Weise ich ganz Petersburg kenne.

Wie ich schon sagte, verzehrte ich mich drei Tage in Unruhe, bis ich endlich ihren Grund erriet. Auf der Straße war es mir ganz trüb zumute (dieser fehlt, jener fehlt, und wo ist der und der hingeraten?), und auch zu Hause war es mir unbehaglich. Zwei Abende suchte ich zu erraten: was fehlt mir in meinem Winkel? Warum ist es mir zu Hause so unbehaglich? Und ich betrachtete forschend meine grünen verrauchten Wände, die mit Spinngewebe, welches meine Matrjona mit großem Erfolg züchtete, behangene Decke, musterte alle Möbel, untersuchte jeden Stuhl und suchte dem Übel auf die Spur zu kommen; wenn bei mir nämlich auch nur ein Stuhl anders steht, als er gestern stand, bin ich ganz außer mir; ich schaute auch zum Fenster hinaus, doch alles war umsonst und brachte mir auch nicht die geringste Erleichterung! Ich entschloss mich sogar, Matrjona herbeizurufen und richtete an sie bei dieser Gelegenheit eine väterliche Ermahnung wegen des Spinngewebes und der sonstigen Unordnung; sie sah mich aber nur erstaunt an und ging, ohne auch nur ein Wort zu entgegnen, wieder fort, so dass das Spinngewebe auch heute noch an seinem Platz hängt. Und erst heute früh kam ich endlich der Sache auf den Grund. Ach so! Sie brennen mir ja alle durch und ziehen aufs Land! Verzeihen Sie den trivialen Ausdruck, doch es war mir in diesem Augenblick wirklich nicht um die Schönheit des Stiles zu tun: denn alles, was es in Petersburg gab, war bereits in die Sommerfrische gezogen, oder war gerade im Begriff, es zu tun; denn ich musste jeden soliden Herrn, der eine Droschke mietete, für einen ehrwürdigen Familienvater halten, der soeben sein Tageswerk erledigt hat und sich mit leichtem Herzen aufs Land, in den Schoß seiner Familie begibt; denn jeder Mensch, der mir begegnete, hatte ein ganz besonderes Aussehen und schien jedem andern Passanten zuzurufen: »Wir sind nur so vorübergehend hier, meine Herren, doch in zwei Stunden ziehen wir aufs Land.« Wenn irgendwo ein Fenster aufging, auf dem vorher zwei feine, zuckerweiße Finger getrommelt hatten, und ein hübsches junges Mädchen den Kopf aus dem Fenster hinaussteckte und einen Straßenhändler, der Blumen feilbot, heranrief, so stellte ich mir gleich vor, dass sie diese Blumen ganz ohne Zweck kaufte, das heißt gar nicht um sich in der dumpfen Stadtwohnung an ihnen und am Frühling zu ergötzen, und dass die ganze Familie sehr bald aufs Land ziehen und die Blumentöpfe mitnehmen würde. Und noch mehr als das: ich hatte auf diesem neuen und besonderen Entdeckungsgebiet bereits solche Erfolge gemacht, dass ich nach dem bloßen Aussehen eines Menschen fehlerlos bestimmen konnte, in welcher Sommerfrische er wohnt. Die Bewohner der Stein- und der Apothekerinsel oder der Peterhofer Landstraße zeichnen sich durch anerzogene gute Manieren, elegante Sommerkleidung und schöne Equipagen aus, in denen sie in die Stadt hineinfahren. Die Bewohner von Pargolowo und der dahinterliegenden Gebiete imponieren gleich beim ersten Blick durch ihr solides und kluges Aussehen; die Sommergäste der Krestowskij-Insel fallen durch ihre unerschütterlich gute Stimmung auf. Wenn ich einer langen Prozession mit Bergen von Möbelstücken aller Art, Tischen, Stühlen, türkischen und nichttürkischen Diwans und sonstigen Einrichtungsgegenständen beladener Fuhrwerke begegnete, auf deren Gipfel oft auch noch eine schwächliche Köchin, das Gut ihrer Herrschaft wie ihren Augapfel bewachend, thronte, während die Fuhrleute, mit den Zügeln in der Hand, träge neben den Wagen einherschritten; oder wenn ich mit schwerem Hausrat beladene Kähne die Newa oder die Fontanka in der Richtung zum Schwarzen Bach oder zu den Inseln hinabgleiten sah, so verzehnfachten sich die Fuhrwerke und die Kähne in meinen Augen; es schien mir, dass alles sich aufmachte und in ganzen Karawanen aufs Land übersiedelte; es schien mir, dass ganz Petersburg sich in eine Wüste zu verwandeln drohte. Schließlich fühlte ich mich beschämt, beleidigt und traurig, weil ich nicht wusste, wohin und wozu ich aufs Land ziehen sollte. Ich wäre bereit, mit jedem Möbelwagen mitzulaufen, mich jedem Herrn, der eine Droschke mietete, anzuschließen; doch niemand, wirklich niemand forderte mich dazu auf; es war, als ob sie mich vergessen hätten, als ob ich ihnen wirklich ganz fremd wäre!

Ich irrte so viel und so lange umher, bis ich, wie es mir oft passierte, vergaß, wo ich mich befand; und plötzlich war ich bei der Stadtgrenze angelangt. Augenblicklich wurde es mir lustig zumute; ich passierte den Schlagbaum, schritt zwischen bestellten Äckern und Wiesen vorwärts, spürte keine Müdigkeit und fühlte mit meinem ganzen Wesen, wie eine schwere Last mir vom Herzen fiel. Alle Leute, die vorüberfuhren, warfen mir freundliche Blicke zu und waren nahe daran, mich zu grüßen; und alle ohne Ausnahme rauchten Zigarren. Und ich war so lustig, wie noch nie. Es war mir, als ob ich plötzlich nach Italien geraten wäre: einen solchen Eindruck machte auf mich, den halbkranken Stadtbewohner, der in den Stadtmauern beinahe erstickt war, die Natur.

Es liegt etwas unbeschreiblich Rührendes in unserer Petersburger Natur, wenn sie bei Frühlingsbeginn ihre ganze Macht und alle ihr vom Himmel verliehenen Kräfte offenbart, sich putzt und mit Laub und Blüten schmückt ... Ich muss jedes Mal an das kranke, schwindsüchtige Mädchen denken, das Sie mit Bedauern und auch mit einer eigentümlichen mitleidigen Liebe anblicken und zuweilen überhaupt nicht bemerken, und das plötzlich, für nur einen Augenblick ganz unerwartet in unbeschreiblicher Schönheit erstrahlt, während Sie sich erstaunt und berauscht fragen: Welche Kraft hat in diesen traurigen, nachdenklichen Augen solches Feuer entzündet? Was hat ihr das Blut in die blassen, eingefallenen Wangen getrieben? Was hat die zarten Gesichtszüge mit Leidenschaft übergossen? Warum wogt diese Brust? Was hat im Gesicht des armen Mädchens Kraft, Leben und Schönheit geweckt und es mit diesem Lächeln belebt? Woher kommt dieses sprudelnde, zündende Lachen? Sie schauen sich um, Sie suchen, Sie raten ... Doch der Augenblick ist schon vorbei, und Sie sehen vielleicht schon morgen den nachdenklichen, zerstreuten Blick von vorhin, dasselbe bleiche Antlitz, die gleiche Ergebenheit und Schüchternheit der Bewegungen und sogar etwas wie lähmenden Unmut und Reue ob des flüchtigen Aufschwunges von vorhin ... Und es tut Ihnen leid, dass die plötzliche Schönheit so schnell, so unwiederbringlich verwelkt ist, dass sie so trügerisch und vergebens vor Ihrem Blick gestrahlt hat; es tut Ihnen leid, weil Sie nicht einmal Zeit gehabt, sich in sie zu verlieben ...

Und doch war meine Nacht noch schöner als der Tag! Und das kam so: Ich kehrte sehr spät in die Stadt zurück, und als ich mich meiner Wohnung näherte, schlug es schon zehn Uhr. Ich ging den Kanal entlang, wo man um diese Stunde gewöhnlich keinem Menschen begegnet. Ich wohne allerdings in einem entlegenen Stadtteile. Ich ging und sang, denn wenn ich mich glücklich fühle, summe ich immer irgend etwas vor mich hin, wie es auch jeder glückliche Mensch tut, der weder Freunde, noch gute Bekannte, noch sonst jemanden hat, mit dem er seine Freude teilen könnte. Und plötzlich hatte ich ein ganz unerwartetes Abenteuer.

Etwas abseits, an das Geländer des Kanals gelehnt, stand ein weibliches Wesen, das sehr aufmerksam in das trübe Wasser des Kanals hinabzuschauen schien. Es trug ein reizendes gelbes Hütchen und eine kokette schwarze Mantille. »Es ist wohl ein junges Mädchen«, sagte ich mir, »und zweifellos eine Brünette.« Sie hatte meine Schritte wohl nicht gehört und rührte sich gar nicht, als ich mit verhaltenem Atem und pochendem Herzen an ihr vorüberging. »Seltsam!«, dachte ich mir: »Sie ist wohl ganz mit einem Gedanken beschäftigt.« Und plötzlich blieb ich wie angewurzelt stehen. Ich hörte ein dumpfes Schluchzen. Ja, ich irrte mich nicht: das Mädchen weinte wirklich, und nach einem Augenblick hörte ich sie wieder aufschluchzen! Mein Herz krampfte sich zusammen. Sonst bin ich ja Damen gegenüber sehr schüchtern, doch das war ja ein ganz besonderer Fall! ... Ich kehrte um, ging auf sie zu und würde wohl sicher »Madame!« gesagt haben, wenn ich nicht gewusst hätte, dass diese Anrede in den russischen Gesellschaftsromanen schon tausendmal gebraucht worden ist. Dies allein hielt mich davon ab. Doch während ich nach einem andern Worte suchte, kam das Mädchen zur Besinnung, sah sich um, senkte den Blick, huschte an mir vorbei und ging den Kai entlang. Ich folgte ihr, doch sie merkte das und ging vom Kai auf die andere Straßenseite hinüber. Ich wagte nicht, ihr auf das Trottoir zu folgen. Mein Herz schlug so heftig wie bei einem gefangenen Vogel. Ein Zufall kam mir ganz unerwartet zu Hilfe.

Auf der andern Straßenseite tauchte plötzlich neben meiner Unbekannten ein Herr im Frack auf; er schien in soliden Jahren zu sein, doch seine Haltung war nichts weniger als solid. Er wankte hin und her und tastete sich vorsichtig an den Mauern entlang. Das Mädchen ging aber gerade wie ein Pfeil aus dem Bogen, eilig und zugleich etwas unsicher, wie alle jungen Mädchen gehen, die nicht wollen, dass jemand sie nachts auf dem Nachhausewege anspreche und ihnen seine Begleitung anbiete. Der wankende Herr würde sie auch niemals eingeholt haben, wenn ihm das Schicksal nicht den Rat eingegeben hätte, eine andere Taktik zu wählen. Ganz unvermittelt begann er plötzlich, was ihn nur die Beine trugen, zu rennen. Sie lief wie der Wind, doch der wankende Herr kam immer näher, holte sie schließlich ein, das Mädchen schrie auf und – ich segne das Schicksal für den vortrefflichen Knotenstock, den ich zufällig in der Hand hatte! Im Augenblick war ich auf der andern Straßenseite, im Augenblick erfasste der ungebetene Begleiter die Sachlage, begriff meine unwiderlegbaren Argumente, schwieg und blieb zurück; erst als uns eine größere Strecke von ihm trennte, begann er in recht energischen Ausdrücken gegen mich zu protestieren. Doch wir hörten kaum seine Worte.

»Geben Sie mir Ihren Arm«, sagte ich meiner Unbekannten, »und er wird sich nicht mehr unterstehen, Sie zu belästigen.«

Sie reichte mir stumm ihren Arm, der noch vor Aufregung und Schreck zitterte. O ungebetener Herr! Wie dankte ich dir in diesem Augenblick! Ich streifte sie mit einem Blick: sie war sehr hübsch und brünett – ich hatte also richtig geraten. Auf ihren schwarzen Wimpern glänzten noch die Tränen des eben ausgestandenen Schreckens, oder vielleicht auch eines früheren Kummers; ich weiß es nicht. Doch auf ihren Lippen spielte bereits ein Lächeln. Auch sie streifte mich mit einem heimlichen Blick, errötete etwas und wurde verlegen.

»Nun sehen Sie es: warum haben Sie mich vorhin abgewiesen? Wäre ich gleich an Ihrer Seite, so wäre nichts geschehen . . .«

»Aber ich kannte Sie nicht; ich glaubte, dass auch Sie . . .«

»Kennen Sie mich denn jetzt?« »Ein wenig . . . Warum zittern Sie jetzt so?«

»O, Sie haben mich gleich beim ersten Blick erkannt!« antwortete ich, ganz entzückt darüber, dass das Mädchen auch klug war; auch einem schönen Mädchen kann Klugheit niemals schaden. »Sie errieten ja gleich auf den ersten Blick, mit wem Sie es zu tun haben. Es ist wahr, wenn ich vor einer Frau stehe, bin ich stets schüchtern und, ich gebe es zu, nicht weniger aufgeregt, als Sie es vorhin waren, wie jener Herr Sie so erschreckte . . . Jetzt bin ich erschrocken. Es ist mir, als ob alles ein Traum wäre; ich habe mir aber auch im Traume niemals vorgestellt, dass ich imstande wäre, mit irgendeinem weiblichen Wesen zu sprechen . . .«

»Wieso? Ist es wirklich wahr?«

»Ja. Wenn mein Arm zittert, so kommt es nur daher, weil er noch niemals von einer so hübschen kleinen Hand umfasst wurde, wie von der Ihrigen. Ich habe gänzlich verlernt, mit Damen zu sprechen. Das heißt: ich habe es auch niemals gekonnt. Ich bin ja ganz einsam … Ich weiß sogar nicht, wie ich zu Ihnen sprechen soll. Ich weiß im Augenblick auch nicht, ob ich nicht soeben eine Dummheit gesagt habe? Sagen Sie es mir, bitte, geradeaus: ich bin nicht im Mindesten empfindlich …«

»Nein, nein, ganz im Gegenteil. Und wenn Sie schon verlangen, dass ich aufrichtig sprechen soll, so will ich Ihnen sagen, dass uns Frauen diese Schüchternheit gut gefällt. Und wenn Sie noch mehr wissen wollen: sie gefällt auch mir, und ich will Sie nicht von mir jagen, bis ich vor meinem Hause angelangt bin.«

»Sie werden damit erreichen«, begann ich, vor Entzücken kaum atmend, »dass ich meine Schüchternheit aufgebe und somit auch meine einzige Waffe aus der Hand lege …«

»Waffe? Was für eine Waffe und zu welchem Zweck? Das gefällt mir schon gar nicht.«

»Verzeihen Sie! Ich tu's nicht wieder, es kam mir so ganz unwillkürlich von den Lippen. Wie können Sie auch erwarten, dass ich in einem solchen Augenblick gar keinen Wunsch habe …«

»Den Wunsch, mir zu gefallen, nicht wahr?«

»Ja, ja … Seien Sie doch um Himmels willen gut zu mir! Vergessen Sie nicht, mit wem Sie es zu tun haben: ich bin ja schon sechsundzwanzig Jahre alt und habe noch gar keine Bekanntschaften. Wie kann ich da vernünftig, gewandt und klug sprechen? Es ist auch für Sie vorteilhafter, wenn ich ganz offen spreche … Ich kann nicht schweigen, wenn mein Herz aus mir spricht. Nun, es ist ja gleich … Glauben Sie mir: ich hatte noch niemals eine Frau in meiner Nähe, niemals, niemals … Keine einzige Bekanntschaft! Und ich sehnte mich tagtäglich nur danach, endlich einmal jemandem zu begegnen. O, wenn Sie wüssten, wie oft ich schon auf diese Weise verliebt gewesen bin! …«

»Wieso? … Und in wen?«

»In niemand bestimmten, in ein Ideal, in die, die ich gerade im Traum sah. In meinen Gedanken spinne ich ganze Romane aus … O, Sie kennen mich noch nicht! Natürlich habe ich ja auch zwei oder drei Frauen gekannt: wie wäre es auch anders möglich! Doch was waren das für Frauen? Lauter sogenannte gute Hausfrauen … Sie werden sicher lachen: ich will Ihnen gestehen, dass mir schon einige Mal der Gedanke kam, irgendeine aristokratische Dame auf der Straße, natürlich wenn sie allein ist, anzusprechen, selbstverständlich ganz nüchtern, ehrerbietig und leidenschaftlich; ihr zu sagen, dass ich in meiner Einsamkeit zugrunde gehe, dass sie mich nicht von sich jagen solle, dass ich kein anderes Mittel wüsste, ein weibliches Wesen kennen zu lernen; sie davon zu überzeugen, dass es auch ihre Pflicht als Frau sei, dem schüchternen Flehen eines so unglücklichen Menschen wie ich Gehör zu leihen, und dass ich von ihr nichts mehr verlange, als dass sie mir zwei oder drei schwesterlich mitfühlende Worte sage, mich nicht gleich beim ersten Schritt abweise, mir unbedingten Glauben schenke, mich anhöre, – wenn sie will, kann sie ja über mich auch ein wenig lachen, – dass sie mich ermutige und mir zwei Worte, nur zwei Worte sage; dann – können wir ja auch für immer auseinandergehen! ... Doch Sie lachen ... Ich spreche ja, übrigens, auch nur dazu ...«

»Seien Sie mir nicht böse! Ich lache nur darüber, dass Sie sich selbst unbedingt schaden wollen; denn hätten Sie den Versuch, von dem Sie eben sprachen, gemacht, so wäre er Ihnen sicher gelungen, selbst wenn Sie ihn wirklich auf der Straße unternommen hätten; je einfacher, desto besser ... Keine einzige Frau, – wenn sie nur nicht schlecht oder dumm ist, oder sich im Augenblick über etwas ärgert, – brächte es übers Herz, Sie ohne die zwei oder drei Worte, um die Sie so demütig flehen, gehen zu lassen ... Was spreche ich übrigens? Natürlich würde Sie eine jede für verrückt halten. Ich sprach ja eben nur von mir selbst. Denn ich weiß, was das Leben bedeutet.«

»Haben Sie Dank!«, rief ich aus: »Sie wissen selbst nicht, was Sie für mich getan haben!«

»Gut, gut. Doch sagen Sie mir, wieso Sie es erkannt haben, dass ich eine Frau bin, mit der Sie ... nun, die Sie Ihrer Aufmerksamkeit und Freundschaft für würdig halten? ... Kurz – dass ich keine Hausfrau bin, wie Sie es nennen. Warum entschlossen Sie sich, mich anzusprechen?«

»Warum? Warum? Sie waren ja allein, jener Herr erlaubte sich zu viel, und dann ist es Nacht: Sie werden doch zugeben, dass es meine Pflicht war ...«

»Nein, nicht das meine ich: noch früher, auf der andern Straßenseite wollten Sie mich doch auch schon ansprechen, nicht wahr?«

»Auf der andern Straßenseite? Ich weiß wirklich nicht, was ich Ihnen darauf sagen soll; ich habe solche Angst ... Wissen Sie: ich fühlte mich heute so glücklich, ich bin draußen vor der Stadt gewesen und habe im Gehen gesungen; ich habe noch nie so glückliche Augenblicke erlebt! Und Sie ... vielleicht schien es mir nur so ... Verzeihen Sie, wenn ich Sie daran erinnere: es schien mir, dass Sie weinten, und ich ... ich konnte es nicht anhören ... das Herz tat mir weh ... Mein Gott! Durfte ich Sie denn nicht bedauern? War es denn Sünde, mit Ihnen brüderliches Mitleid zu fühlen? ... Entschuldigen Sie: ich sagte eben Mitleid ... Nun, mit einem Worte, wäre es denn für Sie beleidigend, wenn es mir einfiele, Sie anzusprechen?«

»Lassen Sie es ... Genug ... Sprechen Sie nicht weiter ...«, sagte das Mädchen verlegen und presste meinen Arm fester zusammen. »Ich bin selbst schuld, denn ich habe das Gespräch darauf gebracht. Doch es freut mich, dass ich mich in Ihnen nicht getäuscht habe ... Ich bin übrigens gleich zu Hause: ich muss in diese Seitengasse, es sind nur noch einige Schritte ... Leben Sie wohl, ich danke Ihnen ...«

»Werden wir uns denn niemals, niemals wiedersehen? ... Wird denn alles mit diesem einen Gespräch enden?«

»Nun sehen Sie selbst!«, sagte das Mädchen lachend: »Anfangs wollten Sie nur zwei Worte, und jetzt ... Ich will Ihnen übrigens keine Vorwürfe machen ...Vielleicht sehen wir uns auch noch einmal wieder ...«

»Ich komme morgen wieder her«, sagte ich. »Verzeihen Sie: jetzt verlange ich es von Ihnen ...«

»Sie sind wirklich ungeduldig: nun kommen Sie gar mit Forderungen ...« »Hören Sie, hören Sie!«, unterbrach ich sie, »verzeihen Sie, wenn ich Ihnen wieder irgend so etwas sage ... Doch es ist mir unmöglich, morgen nicht herzukommen. Ich bin ein Träumer: ich habe so wenig vom wirklichen Leben, und Augenblicke, wie die eben erlebten, sind für mich etwas so Seltenes, dass ich sie in meinen Träumen und Gedanken immer von neuem durchkosten muss. Ich werde diese ganze Nacht an Sie denken, eine ganze Woche, ein ganzes Jahr. Ich komme morgen unbedingt wieder her, und gerade auf diese selbe Stelle und zu dieser selben Stunde, und ich werde glücklich sein, wenn ich in meiner Erinnerung alles noch einmal erleben werde. Diese Stelle habe ich bereits liebgewonnen. Ich habe bereits zwei oder drei ähnliche Stellen in Petersburg. Einmal, als mich eine Erinnerung ergriff, musste ich sogar weinen, wie Sie vorhin ... Wer weiß, vielleicht weinten Sie vor zehn Minuten, weil auch Sie sich an etwas erinnerten ... Doch verzeihen Sie: ich habe mich vergessen; es ist ja auch möglich, dass Sie an dieser Stelle einmal besonders glücklich waren ...«

»Es ist gut«, sagte das Mädchen: »auch ich werde vielleicht morgen abends, gegen zehn Uhr herkommen. Ich sehe schon, dass ich es Ihnen gar nicht versagen kann ... Ich muss nämlich morgen hier sein! Denken Sie nur nicht, dass ich Ihnen ein Stelldichein gebe: ich sage Ihnen darum in vorhinein, dass ich meiner selbst wegen herkommen muss. Doch ... ich will es Ihnen lieber ganz offen sagen: ich habe nichts dagegen, wenn auch Sie herkommen; erstens könnte mir wieder irgendeine Unannehmlichkeit wie heute zustoßen, doch das ist gleichgültig ... Kurz und gut: ich will Sie einfach wiedersehen, um Ihnen einige Worte zu sagen. Sie missverstehen mich doch nicht? Glauben Sie nur nicht, dass ich so leicht jemandem ein Stelldichein gewähre ... Ich täte es auch jetzt nicht, wenn ... Das soll aber mein Geheimnis bleiben! Doch zuvor eine Bedingung ...«

»Eine Bedingung! Sprechen Sie doch, sagen Sie mir alles: ich bin mit allem einverstanden, zu allem bereit!«. rief ich entzückt aus. »Ich stehe für mich ein: ich will bescheiden und ehrerbietig sein ... Sie kennen mich ja ...«

»Eben weil ich Sie kenne, fordere ich Sie auf, morgen herzukommen«, sagte das Mädchen lächelnd. »Ich kenne Sie vollkommen. Eine Bedingung muss ich Ihnen doch stellen: (ich bitte Sie sehr, sie einzuhalten; Sie sehen ja, dass ich ganz offen spreche) – verlieben Sie sich nicht in mich! ... Das dürfen Sie nicht, ich versichere Sie! Zur Freundschaft bin ich bereit, hier haben Sie meine Hand ... Aber sich in mich verlieben, das dürfen Sie nicht, ich bitte Sie darum!«

»Ich schwöre es Ihnen!«, rief ich und ergriff ihr Händchen.

»Ach, schwören Sie lieber nicht! Ich weiß ja, dass Sie wie Schießpulver explodieren können. Nehmen Sie mir nicht übel, dass ich mit Ihnen so spreche. Wenn Sie nur wüssten … Auch ich habe niemanden, mit dem ich sprechen, den ich um Rat bitten könnte. Allerdings: auf der Straße sucht man keine Ratgeber; doch Sie sind eine Ausnahme. Ich kenne Sie so gut, als ob wir seit zwanzig Jahren befreundet wären … Ich kann mich doch auf Sie verlassen, nicht wahr? …«

»Sie werden sehen … Ich weiß gar nicht, wie ich diesen einen Tag der Erwartung überlebe.«

»Schlafen Sie wohl, gute Nacht! Und denken Sie daran, dass ich mich Ihnen schon anvertraut habe. Sie haben es vorhin so schön gesagt: man kann wirklich nicht über jede Regung des Herzens oder gar über sein brüderliches Mitgefühl Rechenschaft abgeben! Wissen Sie, das war so schön gesagt, dass mir gleich der Gedanke kam, mich Ihnen anzuvertrauen …«

»Um Gottes willen! Was wollen Sie mir denn anvertrauen? Was?«

»Das sage ich Ihnen morgen. Vorerst soll es noch mein Geheimnis bleiben. Das ist auch für Sie besser: so wird es wenigstens entfernt einem Roman gleichen. Vielleicht werde ich es Ihnen morgen sagen, vielleicht auch nicht … Ich will mit Ihnen noch etwas sprechen … Wir müssen uns noch näher kennen lernen …«

»Ich bin bereit, Ihnen morgen alles von mir zu erzählen! Aber was ist denn das? Ich erlebe ein Wunder … Mein Gott, wo bin ich? Nun sagen Sie mir: machen Sie sich vielleicht Vorwürfe, weil Sie mir vorhin nicht böse wurden und mich nicht abwiesen, wie es wohl jede andere getan hätte? Es waren nur zwei Minuten, und Sie haben mich für immer glücklich gemacht. Jawohl! glücklich! Wer weiß: vielleicht haben Sie mich mit mir selbst versöhnt und alle meine Zweifel gelöst … Vielleicht habe ich Augenblicke … Nun, ich werde Ihnen ja alles erzählen, Sie sollen alles erfahren …«

»Schön, ich nehme Ihren Vorschlag an. Sie werden also den Anfang machen …«

»Einverstanden!«

»Auf Wiedersehen!«

»Auf Wiedersehen!«

Wir trennten uns. Ich irrte noch die ganze Nacht durch die Straßen; ich konnte mich nicht entschließen, nach Hause zu gehen. Ich war so glücklich … also morgen!

* * *

## Die zweite Nacht

»Nun haben Sie es doch erlebt!«, sagte sie lachend und mir beide Hände reichend.

»Ich bin schon seit zwei Stunden hier. Sie wissen gar nicht, wie mir heute den ganzen Tag zumute war.«

»Ich weiß es, ich weiß es. Doch zur Sache. Wissen Sie, wozu ich hergekommen bin? Doch nicht um Unsinn zu schwatzen, wie gestern. Hören Sie: wir müssen in Zukunft vernünftiger sein. Ich habe darüber gestern noch lange nachgedacht.«

»Worin sollen wir denn vernünftiger sein? Ich meinerseits bin ja zu allem bereit; doch ich habe in meinem ganzen Leben wirklich nichts Vernünftigeres erlebt, als das, was ich jetzt erlebe.«

»Ist es wahr? Erstens muss ich Sie bitten, mir nicht so fest die Hände zu drücken; zweitens erkläre ich Ihnen, dass ich heute viel über Sie nachgedacht habe.«

»Und zu welchem Ergebnis sind Sie gekommen?«

»Zu welchem Ergebnis? Nun, dass wir alles von vorne anfangen müssen, denn ich habe heute schließlich eingesehen, dass ich Sie noch gar nicht kenne, dass ich mich gestern wie ein Kind, wie ein kleines Mädchen benommen habe; zuletzt sagte ich mir, dass an allem nur mein gutes Herz schuld sei, d. h. ich lobte mich, was auch immer herauskommt, wenn wir uns über uns selbst Rechenschaft abgeben wollen. Und um diesen Fehler gutzumachen, habe ich beschlossen, mich über Sie sehr eingehend zu erkundigen. Da ich mich aber über Sie bei niemandem erkundigen kann, so müssen Sie mir selbst alles erzählen, die reine Wahrheit. Was sind Sie also für ein Mensch? Fangen Sie doch gleich an, erzählen Sie mir Ihre Geschichte!«

»Meine Geschichte!«, rief ich erschrocken aus, »Meine Geschichte! Wer hat Ihnen gesagt, dass ich überhaupt eine Geschichte habe? Ich habe nämlich gar keine Geschichte ...«

»Wie lebten Sie denn, wenn Sie keine Geschichte haben?«, unterbrach Sie mich lachend.

»Ganz ohne Geschichte! Ich lebte so ganz für mich, das heißt, ganz allein. Wissen Sie, was allein heißt?«

»Was verstehen Sie unter ‚allein‘? Sind Sie denn niemals mit Menschen zusammengekommen?«

»Das nicht! Gewiss komme ich mit Menschen zusammen und doch bin ich allein ...«

»Nun, sprechen Sie denn mit niemand?«

»Eigentlich mit niemand.«

»Wer sind Sie denn? Erklären Sie es mir! Doch warten Sie, ich glaube, ich kann es selbst erraten: Sie haben wohl eine Großmutter wie ich. Sie ist blind, lässt mich ihr ganzes Leben lang nicht von ihrer Seite, so dass ich beinahe zu sprechen verlernt habe. Und als ich vor zwei Jahren einen üblen Streich anstellte, und sie einsah, dass sie mich nicht anders festhalten konnte, rief sie mich einmal zu sich heran und befestigte mein Kleid mit einer Stecknadel an das ihrige. So sitzen wir nun seither tagelang nebeneinander; sie strickt, obwohl sie blind ist, einen Strumpf, und ich muss brav an ihrer Seite sitzen, nähen, oder ihr etwas vorlesen, – es ist so seltsam: seit zwei Jahren lebe ich an die Großmutter angesteckt ...«

»Mein Gott, wie traurig! Doch ich, nein, ich habe keine solche Großmutter.«

»Wenn Sie keine haben, wie können Sie dann immer zu Hause sitzen?«

»Hören Sie: Sie wollten doch wissen, wer ich bin?«

»Ja, gewiss?«

»Im eigentlichsten Sinne des Wortes?«

»Ja!«

»Also bitte: ich bin ein Typ.«

»Ein Typ? Was für ein Typ?«, rief das Mädchen aus und lachte so, als ob sie ein ganzes Jahr keine Gelegenheit zum Lachen gehabt hätte. »In Ihrer Gesellschaft ist es wirklich lustig! Schauen Sie: hier ist eine Bank; wollen wir uns setzen. Hier kommt kein Mensch vorbei, niemand wird uns hören, also können Sie mir Ihre Geschichte erzählen! Sie werden mir nichts vormachen: natürlich haben Sie eine Geschichte, Sie verheimlichen sie nur. Sagen Sie mir vor allen Dingen: was ist ein Typ?«

»Ein Typ? Ein Typ ist ein Sonderling, ein lächerlicher Mensch«, sagte ich und begann, von ihrem kindlichen Lachen angesteckt, gleichfalls zu lachen. »Das ist so ein Charakter. Hören Sie einmal: wissen Sie, was ein Träumer ist?«

»Ein Träumer?! Wie sollte ich das nicht wissen? Auch ich bin eine Träumerin! Wenn ich so neben meiner Großmutter sitze, kommt mir doch alles Mögliche in den Sinn. Und so fange ich an zu träumen, und wenn ich schon einmal im Zuge bin, so kann es auch vorkommen, dass ich in meinen Gedanken den Kaiser von China heirate … Manchmal ist es sehr schön zu träumen! Übrigens nein, – ich weiß wirklich nicht … Besonders wenn man auch an andere Dinge denken muss …«, fügte das Mädchen ziemlich ernst hinzu.

»Vortrefflich! Wenn Sie schon einmal so weit waren, dass Sie den Kaiser von China heirateten, so werden Sie auch mich verstehen. Also hören Sie zu … Erlauben Sie übrigens: ich weiß ja noch gar nicht, wie Sie heißen!«

»Endlich fällt's Ihnen ein, danach zu fragen! Früh genug!«

»Ach mein Gott! Früher dachte ich gar nicht daran, ich fühlte mich auch so schon glücklich …«

»Ich heiße Nastenka.«

»Nastenka! Und weiter?«

»Nichts weiter! Ist es Ihnen zu wenig? Sie sind wirklich unersättlich!«

»Ob es mir zu wenig ist? Im Gegenteil: es ist viel, sehr viel! Sie sind wirklich ein gutes Mädchen, Nastenka, wenn Sie sich gleich zu Beginn mit dem Kosenamen Nastenka vorstellen.«

»Nun sehen Sie es! Also weiter!«

»Hören Sie, Nastenka, was für eine komische Geschichte ich Ihnen erzählen werde.«

Ich setzte mich neben sie, nahm eine pedantisch-ernste Pose an und begann wie aus einem Buche:

»Es gibt, wenn Sie es noch nicht wissen, Nastenka, es gibt hier in Petersburg recht seltsame Winkel. In solche Winkel schaut jene Sonne, die sonst für alle Einwohner Petersburgs scheint, wohl niemals hinein. An ihrer Statt guckt zuweilen eine andere, neue Sonne hinein, eine eigens für solche Winkel geschaffene Sonne, die auf alles ein ganz anderes, eigenes Licht wirft. In solchen Winkeln, liebe Nastenka, lebt man ein ganz besonderes Leben, das von dem Leben, das um uns brandet, gänzlich verschieden ist; ein Leben, das es vielleicht nur noch irgendwo, in einem fernen Märchenlande gibt, aber keineswegs hier bei uns, in unsrer ernsten, bitterernsten Zeit. Dieses Leben ist ein Gemenge von etwas rein Phantastischem und brennend Idealem und – leider, Nastenka! – trüb Prosaischem und Gewöhnlichem, um nicht zu sagen – grenzenlos Banalem.«

»Pfui! Du lieber Himmel! Diese Vorrede! Was werde ich denn noch zu hören bekommen?«

»Sie werden hören, Nastenka, (ich glaube, ich werde niemals müde, Sie Nastenka zu nennen), Sie werden hören, dass in solchen Winkeln sonderbare Menschen – ich nenne sie Träumer – leben. Ein Träumer, wenn ich genauer definieren soll, ist gar kein Mensch, sondern, wissen Sie, ein Wesen sächlichen Geschlechts. Dieses Wesen siedelt sich gewöhnlich in einem möglichst unzugänglichen Winkel an, als ob es sich sogar vom Tageslicht abschließen wollte, und wenn es schon einmal einen solchen Winkel gefunden hat, so wächst es mit ihm zusammen wie die Schnecke mit ihrem Haus; oder es gleicht zumindest einem andern interessanten Geschöpf, das Tier und Haus zugleich ist und das man Schildkröte nennt. Was glauben Sie, warum liebt dieser komische Mensch seine vier Wände, die unbedingt grün angestrichen, schmierig, düster und in ganz unerlaubtem Maße verräuchert sind? Warum empfängt er einen Bekannten, der ihn besuchen will, (und es endet immer damit, dass er seine wenigen Bekannten einen nach dem andern verliert), warum empfängt er ihn mit so verlegenem und verändertem Gesicht, als ob er in seinen vier Wänden soeben irgendein Verbrechen begangen hätte: als hätte er falsche Banknoten hergestellt oder ein Gedicht geschrieben, um es an eine Redaktion mit einem anonymen Begleitbrief zu schicken, in dem es heißt, dass der wirkliche Autor längst gestorben sei und dass ein Freund des Verstorbenen es für seine Pflicht halte, die Verse zu veröffentlichen? Warum, erklären Sie es mir, Nastenka, warum kann zwischen ihm und seinem Gast unmöglich ein Gespräch zustande kommen? Warum kann der plötzlich erschienene und schon ganz verdutzte Freund auf einmal weder lachen noch scherzen, während er ja sonst gar nicht abgeneigt ist, zu lachen, zu scherzen oder über das zarte Geschlecht oder ein anderes lustiges Thema zu plaudern? Sagen Sie mir, warum ist schließlich auch der Freund selbst, der den Träumer wohl erst vor kurzem kennen gelernt hat und seinen ersten Besuch bei ihm macht (einen zweiten wird er nämlich nie machen!) warum ist er bei all seinen gesellschaftlichen Talenten, wenn er sie besitzt, auf einmal so verlegen und zu Erz erstarrt, wenn er das veränderte Gesicht des andern sieht, der seinerseits schnell aus dem Konzept gekommen ist, nachdem er zuvor, um wenigstens durch seinen guten Willen dem Gast zu gefallen, einige übermenschliche doch vergebliche Anstrengungen gemacht hat, die Unterhaltung in Fluss zu bringen und zu beleben und dem armen Gast, der wohl aus Versehen zu ihm geraten ist, zu zeigen, dass auch er Unterhaltungsgabe besitzt und, gleichfalls vom schönen Geschlecht zu plaudern versteht? und warum greift der Gast schließlich ganz unvermittelt nach seinem Hut und macht sich schleunigst aus dem Staube, nachdem er irgendeine unaufschiebbare Angelegenheit, die ihm soeben eingefallen sei, erfunden und seine Hand aus dem warmen Händedruck des andern, der seine tiefste Reue und Bereitwilligkeit, alles wieder gut zu machen, zeigt, mit Not losgerissen hat? Warum beginnt der fortgehende Freund, sobald er draußen ist, wie wahnsinnig zu lachen, warum leistet er unverzüglich das Gelübde, nie wieder den Sonderling zu besuchen, obwohl dieser im Grunde genommen ein vortrefflicher Mensch ist, und warum kann er seiner Phantasie nicht das harmlose Vergnügen versagen: den Gesichtsausdruck, den sein Freund während der soeben stattgefundenen Unterredung zeigte, wenigstens ganz entfernt mit dem eines unglückseligen Kätzchens zu vergleichen, das Kinder heimtückisch gefangen genommen, und dann, geplagt und auf jede Weise misshandelt haben und das sich schließlich vor ihnen unter einen Sessel oder in eine finstere Ecke verkrochen hat, wo es nun eine ganze Stunde Zeit hat, sein zerzaustes Fell in Ordnung zu bringen, sein beleidigtes Schnäuzchen mit beiden Vorderpfoten zu waschen und dann noch lange Zeit feindselig auf die Natur und das Leben zu sehen und selbst auf den guten Bissen, den ihm die mitleidige Wirtschafterin von der herrschaftlichen Tafel aufgehoben hat?«

»Hören Sie einmal«, unterbrach mich Nastenka, die die ganze Zeit erstaunt, mit großen Augen und offenem Munde zugehört hatte: »Hören Sie: ich weiß wirklich nicht, warum dies alles geschah und warum Sie diese komischen Fragen gerade mir vorlegen; aber was ich ganz sicher weiß, ist, dass Sie es sind, der alle diese Abenteuer erlebt hat.«

»Zweifellos!«, antwortete ich mit ernster Miene.

»Wenn es zweifellos ist, so fahren Sie fort«, sagte Nastenka, »denn ich möchte wirklich gerne wissen, womit das alles endet.«

»Sie wollen also wissen, Nastenka, was unser Held, oder richtiger, was ich in meiner eigenen bescheidenen Person trieb? Sie wollen wissen, warum ich nach dem unerwarteten Besuch eines Freundes jedes Gleichgewicht verlor und es einen ganzen Tag lang nicht wiederfinden konnte? Sie wollen wissen, warum ich erzitterte und errötete, als die Türe meines Zimmers aufging, warum ich den Gast nicht wie es sich gehört empfing und warum ich auf eine so lächerliche Weise von der Last meiner Gastfreundschaft erdrückt wurde?«

»Nun ja!«, erwiderte Nastenka: »Das will ich eben wissen! Hören Sie: Sie erzählen ja sehr schön, vielleicht können Sie aber doch etwas weniger schön erzählen? Denn Sie sprechen so, als ob Sie aus einem Buche vorläsen!«

»Nastenka!« sagte ich wichtig und ernst, doch im Grunde mit Mühe ein Lachen verbeißend: »Liebe Nastenka, ich weiß, dass ich sehr schön erzähle, Sie müssen mich aber entschuldigen: ich kann nicht anders erzählen. Jetzt gleiche ich dem Geiste des Königs Salomo, der tausend Jahre lang in einem Kästchen unter sieben Siegeln eingeschlossen war und den man endlich von diesen sieben Siegeln befreit hat. Und nun, liebe Nastenka, wo wir uns nach einer so langen Trennung wieder begegnet sind, denn ich kannte Sie schon lange, Nastenka, und sehnte mich schon lange nach jemand, (was ein Beweis dafür ist, dass Sie es sind, die ich suchte, und dass unsere Begegnung eine Fügung des Schicksals ist) – jetzt haben sich in meinem Kopfe tausend Schleusen geöffnet, und ich muss alles Aufgespeicherte in einem Redefluss ausgießen, oder ich ersticke. Also ich bitte Sie, Nastenka, mich nicht zu unterbrechen, sondern mir geduldig und folgsam zuzuhören. Sonst höre ich auf!«

»Nein, nein, nein! Das will ich nicht! Sprechen Sie nur! Ich werde Sie mit keinem Wort unterbrechen!«

»Gut, ich fahre fort. Es gibt, meine liebe Nastenka, in meinem Tage eine Stunde, die ich ganz besonders liebe. Es ist die Stunde, wo alle Leute ihr Tageswerk abgeschlossen haben, aus den Geschäften und Ämtern nach Hause eilen, um zu essen und auszuruhen, und unterwegs lustige Pläne fassen in Bezug auf den Abend, die Nacht und die ganze ihnen noch zur Verfügung stehende freie Zeit. In dieser Stunde schreitet auch unser Held – Sie müssen mir gestatten, Nastenka, dass ich von mir in dritter Person erzähle, denn ich schäme mich, in erster Person zu sprechen – schreitet also unser Held, der ja auch irgendeine Beschäftigung hat, hinter den übrigen her. Doch ein eigentümlich zufriedenes Gefühl spricht aus seinem bleichen, gleichsam zerknitterten Gesicht. Ganz entzückt blickt er auf die Abendröte, die langsam auf dem kalten Petersburger Himmel erlischt. Wenn ich sage: er blickt, so lüge ich; denn er blickt nicht, sondern er schaut, ohne sich irgendwelche Rechenschaft abzugeben und gleichsam ermüdet und mit anderen, wichtigeren Dingen beschäftigt, so dass er seine Umgebung nur ganz flüchtig und beinahe unbewusst mit einem Blicke streifen kann. Er ist zufrieden, denn er ist bis morgen von seiner ihm lästigen Tätigkeit erlöst, und freut sich wie ein Schulknabe, den man aus dem Klassenzimmer herausgelassen hat und der nun an seine Lieblingsspiele und Streiche gehen darf. Schauen Sie ihn nur von der Seite an, Nastenka: Sie werden bemerken, dass dieses Freudegefühl bereits wohltuend auf seine kranken Nerven und seine krankhaft erregte Phantasie gewirkt hat. Nun ist er plötzlich nachdenklich geworden. An was mag er denken? Sie glauben, an sein Mittagessen? Oder an den bevorstehenden Abend? Was betrachtet er plötzlich so aufmerksam? Jenen soliden Herrn dort, der sich soeben so graziös vor der Dame verneigt hat, die an ihm in glänzender mit schnellfüßigen Pferden bespannten Equipage vorübergefahren ist? Nein, Nastenka! Was geht ihn dieser Tand an! Er ist jetzt an seinem eigenen Leben reich; er ist ganz plötzlich reich geworden, und der Abschiedsstrahl der untergehenden Sonne hat ihn nicht wirkungslos gestreift, sondern in seinem erwärmten Herzen einen ganzen Schwarm von Eindrücken geweckt. Nun bemerkt er kaum die Straße, auf der ihn sonst jede Kleinigkeit fesseln kann. Schon hat ‚Göttin Phantasie' (Sie kennen wohl dies Bild, Nastenka, aus Shukowskij's Gedichten?) auf ihrem Webstuhle goldene Kettenfäden gespannt und vor seinen Blicken Gebilde eines phantastisch märchenhaften Lebens zu weben begonnen; wer weiß: vielleicht hat sie ihn auch schon mit ihrer launischen Hand vom vorzüglichen Granittrottoir, auf dem er nach Hause geht, in den siebenten kristallenen Himmel gehoben? Versuchen Sie ihn nur anzu-sprechen und zu fragen, wo er sich jetzt befinde und durch welche Straßen er gegan-gen sei. Er wird sich darauf sicher nicht besinnen können; er wird vor Ärger erröten und des Anstandes wegen etwas vorlügen. Darum fährt er auch so zusammen, schreit beinah auf und sieht sich erschrocken um, als ihn eben eine alte Dame von sehr ehrwürdigem Aussehen mitten auf dem Bürgersteige anhält und sich nach dem We-ge, den sie verloren hat, erkundigt. Geärgert und mit gerunzelter Stirn setzt er seinen Weg fort und merkt kaum, dass mancher Passant bei seinem Anblick lächelt und sich nach ihm sogar umsieht, und dass irgendein kleines Mädchen ihm scheu aus-weicht und laut auflacht, als es mit Erstaunen sein breites beschauliches Lächeln und seine seltsamen Handbewegungen sieht. Und schon hat diese selbe Göttin Phantasie in ihrem launischen Fluge die alte Dame, die neugierigen Passanten, das lachende Mädchen und die Bauern, die auf ihren auf der Fontanka liegenden Kähnen (neh-men wir an, dass unser Held gerade an der Fontanka vorübergeht) ihr Abendbrot verzehren, erhascht und spielend in ihr Gewebe eingefügt, wie die Spinne die Fliege einfängt; schon hat der Sonderling, mit diesem neuen Fund bereichert, seine gemüt-liche Behausung erreicht, sich an den Tisch gesetzt und längst seine Mahlzeit ver-zehrt; er kommt erst dann zur Besinnung, als seine ewig versonnene und traurige Köchin Matrjona den Tisch abgeräumt und ihm seine Pfeife gebracht hat: er kommt zu sich und stellt mit Erstaunen fest, dass er bereits gegessen hat, ohne auch nur das Mindeste davon gemerkt zu haben. Im Zimmer ist es inzwischen dunkel geworden, in seiner Seele ist es öde und traurig; ein ganzes Reich von Träumen ist rings um ihn spurlos und lautlos zusammengestürzt, ist wie ein Traum zerronnen und er kann sich nicht einmal besinnen, was er geträumt hat. Doch ein seltsam dunkles Gefühl, das seine Brust schmerzhaft erbeben macht, irgendein neuer Wunsch kitzelt und reizt schon wieder seine Phantasie und ruft unmerklich einen neuen Schwarm neuer Gesichte herbei. In seinem kleinen Zimmer ist es still; Einsamkeit und süßes Nichts-tun umschmeicheln seine Phantasie; sie entzündet sich allmählich und beginnt ganz langsam zu brodeln wie das Wasser in der Kaffeekanne der alten Matrjona, die sorglos nebenan in der Küche waltet und ihren Köchinnenkaffee kocht. Schon be-ginnt die Phantasie stoßweise zu sprudeln, schon ist das Buch, das unser Träumer zwecklos und unbesehen vom Bücherbrett genommen hat, und in dem er kaum bis zur dritten Seite gekommen ist, seiner Hand entfallen. Seine Phantasie ist neu ge-stimmt und gereizt, und vor seinen Blicken ist schon wieder eine neue Welt, ein neues bezauberndes Leben in strahlend herrlicher Perspektive entstanden. Ein neuer Traum – ein neues Glück! Eine neue Dosis raffinierten, süßen Giftes! Was ist ihm unser wirkliches Leben! Seinem durchaus nicht ungetrübten Blick erscheint unser Leben, Nastenka, so träge, langsam und welk; erscheinen wir alle mit unserm Schicksal unzufrieden und von der Last des Lebens bedrückt! Es ist auch wirklich so: erscheint denn beim ersten Blick nicht alles zwischen uns so kalt, mürrisch und düster?! Die Armen! denkt sich der Träumer. Es ist auch kein Wunder, dass er so denkt! Beachten Sie doch nur die zauberhaften Gestalten und Erscheinungen, die sich vor seinen Blicken so launisch, so uferlos und in solcher Fülle zu einem feenhaften, beseelten Bilde formen, in dessen Vordergrunde als Hauptgestalt natürlich unser Träumer in eigener Person steht. Sie wollen vielleicht wissen, was er träumt? Wozu soll man danach fragen? Er träumt von allem … vom Schicksal eines anfangs verkannten und später lorbeerbekränzten Dichters; von seiner Freundschaft mit E. Th. A. Hoffmann, der Bartholomäusnacht, Diane Vernon, einer Heldentat bei der Eroberung von Kasan durch Iwan den Grausamen, von Klara Mowbray, Minna und Brenda und anderen Heldinnen Walter Scott'scher Romane, vom Prälatenkonzil und Johannes Huss, von der Totenauferstehung im ‚Robert der Teufel' (erinnern Sie sich an diese Musik? Sie ist wie ein Hauch vom Friedhof!), von der Schlacht an der Beresina, von der Vorlesung eines Gedichts im Salon der Gräfin Woronzow-Daschkow, von Danton, Kleopatra *ei suoi amanti*, von Puschkins ‚Häuschen in der Kolomnavorstadt', von seinem eigenen Winkel, in dem an seiner Seite ein entzückendes Mädchen sitzt, das ihm an einem Winterabend mit offenem Mündchen und großen Augen zuhört, – genau so wie Sie mir jetzt zuhören, mein kleiner Engel … Nein, Nastenka, was kann ihm, dem wollüstigen Faulenzer, das Leben bedeuten, nach dem wir uns beide so sehnen? Er ist überzeugt, dass dieses Leben armselig und blass ist, und er ahnt gar nicht, dass auch ihm einmal die traurige Stunde schlägt, wo er für einen einzigen Tag dieses armseligen Lebens alle seine phantastischen Jahre hingeben würde; und nicht einmal für irgendeinen ausgewählt glücklichen Tag: denn er wird in jener Stunde der Trauer, Reue und Wehmut nicht einmal wählen wollen. Doch solange ihm diese drohende Stunde noch nicht geschlagen hat, wünscht er sich nichts, denn er ist über alle Wünsche erhaben, denn er besitzt alles, ist übersättigt, ist selbst der Gestalter seines Lebens, das er sich jeden Augenblick nach einer neuen Laune neu schafft. Und wie leicht, wie natürlich entsteht so eine märchenhaft phantastische Welt! Als ob sie greifbar und nicht gespenstisch wäre! Er ist manchmal wirklich zu glauben geneigt, dass dieses Leben nicht ein Spiel der Phantasie, nicht eine Luftspiegelung, nicht eine trügerische Einbildung, sondern etwas wirklich Seiendes, Echtes, Reales sei! Warum, sagen Sie es mir, Nastenka, warum stockt in solchen Augenblicken sein Atem? Durch welche Zauberkraft, durch welchen unerforschlichen Machtspruch beginnen plötzlich seine Pulse zu fliegen, seine Augen zu tränen und seine blassen, tränenfeuchten Wangen zu brennen, während sein ganzes Wesen von einem alles überwältigenden Lustgefühl erfüllt wird? Warum vergehen für ihn lange schlaflose Nächte wie ein Augenblick in unerschöpflicher Freude und Lust, und erst wenn die aufgehende Sonne ihren ersten rosigen Strahl in sein Fenster wirft, und sein unfreundliches Zimmer sich mit dem ungewissen, phantastischen Licht des Petersburger Morgens füllt, – warum sinkt unser Träumer erst dann ermüdet und matt auf sein Bett und schläft ein, während sein krankhaft erschütterter Geist in Wonne erstirbt und sein Herz vor süßem Schmerz vergeht? Ja, Nastenka, man kann sich leicht täuschen, die Leidenschaft, die sein Herz erfüllt, für echt, und seine körperlosen Traumbilder für lebendig und greifbar halten! Und so vollkommen ist die Täuschung! Da ist zum Beispiel in seinem Herzen die Liebe mit allen ihren grenzenlosen Wonnen und verzehrenden Qualen aufgegangen ... Sie brauchen ihn nur anzuschauen und Sie werden daran glauben! Würden Sie es, liebe Nastenka, bei diesem Anblick für möglich halten, dass er diejenige, die er in seiner rasenden Phantasie so sehr liebt, niemals gekannt hat? Hat er sie denn nur in seinen verführerischen Träumen gesehen, und war diese Leidenschaft nur ein Traum? Sind sie denn wirklich nicht Hand in Hand durch so viele Jahre nebeneinander gegangen, zu zweien, die ganze übrige Welt vergessend und die eigene Welt und das eigene Leben mit dem Leben des Freundes vereinend? War es denn nicht sie, die in der späten Stunde des Abschieds, weinend und sich in Seelenqualen verzehrend, an seiner Brust lag, ohne auf den Sturm, der unter dem düsteren Himmel raste, und auf den Wind, der die Tränentropfen von ihren schwarzen Wimpern wegtrug, zu achten? War denn das Ganze nur ein Traum: der traurige verwilderte Park mit den moosüberwucherten Wegen, auf denen sie so oft zu zweien lustwandelten, das Herz voller Hoffnung und Liebe, so ‚tiefer und süßer Liebe'? Und das alte, noch vom Urgroßvater erbaute Haus, in dem sie so lange Zeit einsam und traurig an der Seite eines ewig schweigsamen, alten und mürrischen Gatten lebte, der die beiden, die so scheu wie Kinder waren und ihre Liebe furchtsam voreinander verbargen, immerwährend ängstigte? Wie quälten sie sich, wie fürchteten sie sich, wie rein und keusch war ihre Liebe und wie schlecht – das versteht sich doch von selbst, Nastenka! – wie schlecht waren die Menschen! Und, mein Gott, war es denn nicht sie, die er später, fern vom heimatlichen Gestade, unter einem fernen, südlichen, glühenden Himmel wiedergesehen, in der wunderbar ewigen Stadt, im Glanze des Balles, bei schmetternder Musik in einem strahlend erhellten Palazzo (es muss unbedingt ein Palazzo sein), auf einem von Rosen und Myrten umrankten Balkone, wo sie, nachdem sie ihn wiedererkannt, ihre Maske hastig von sich warf und mit den Worten: ‚Nun bin ich frei!' ihm zuflog; wo sie sich mit einem Aufschrei von Wonne in die Arme fielen und in einem Augenblick alles vergaßen: ihren Kummer, die Trennung, alle Pein, das düstere Haus, den alten Gatten, den düsteren Park in der fernen Heimat und die Bank, auf der sie sich mit dem letzten, leidenschaftlichen Abschiedskuss aus seinen vor Verzweiflung erstarrten Armen gerissen hatte ... Geben Sie es doch zu, Nastenka, dass man erzittern, zusammenfahren und wie ein Schuljunge, der soeben im Nachbarsgarten einen Apfel gestohlen hat und ihn hastig in der Tasche verbirgt, erröten muss, wenn nun plötzlich irgendein baumlanger, lustiger Bursche als ungebetener Gast an der Schwelle erscheint und, als ob nichts geschehen wäre, herausplatzt: ‚Weißt du, mein Lieber? Ich komme eben aus Pawlowsk!' Mein Gott! Der alte Graf ist tot, ein unaussprechliches Glück bricht an, – und dem Kerl fällt es ein, aus Pawlowsk zu kommen!«

Ich hielt nach all den pathetischen Phrasen ebenso pathetisch inne. Ich weiß noch, dass ich große Lust hatte, in ein schallendes Gelächter auszubrechen, denn ich fühlte schon, wie sich in mir ein übermütiger Teufel regte, wie mir ein Zucken durch Hals und Kinn ging und meine Augen feucht wurden …

Ich erwartete, dass Nastenka, die mir, ihre klugen Augen weit geöffnet, zuhörte, in ein kindliches, unbändig lustiges Lachen ausbrechen würde, und ich machte mir schon Vorwürfe, dass ich zu weit gegangen sei, dass ich ihr unnötigerweise etwas erzählt hätte, was ich als längst gefälltes Urteil über mich selbst schon lange auf dem Herzen herumgetragen und daher so fließend zu erzählen verstand; allerdings hatte ich nicht erwartet, dass sie mich verstehen würde. Doch zu meinem Erstaunen schwieg sie zunächst eine Weile, drückte mir dann die Hand und fragte mit einer eigentümlich schüchternen Teilnahme:

»Haben Sie denn wirklich Ihr ganzes Leben so verbracht?«

»Ja, mein ganzes Leben, Nastenka«, antwortete ich. »Mein ganzes Leben, und ich glaube, dass es bis an mein Ende so bleiben wird.«

»Nein, das soll nicht sein!«, sagte sie erregt. »Das darf nicht geschehen! So werde vielleicht auch ich mein ganzes Leben neben der Großmutter verbringen. Hören Sie, wissen Sie denn nicht, dass es gar nicht gut ist, so zu leben?«

»Ich weiß es, Nastenka, ich weiß!«, rief ich, meinem Gefühle freien Lauf lassend, »und gerade jetzt weiß ich besser als je, dass ich meine schönsten Jahre ganz nutzlos verschwendet habe! Jetzt weiß ich es, und diese Erkenntnis tut mir weh, weil Gott selbst mir Sie als einen guten Engel gesandt hat, um es mir zu sagen und zu beweisen. Jetzt, wo ich neben Ihnen sitze und mit Ihnen spreche, ist es mir schwer, an die Zukunft zu denken, denn in der Zukunft erwartet mich wieder Einsamkeit und dieses dumpfe, überflüssige zwecklose Leben; und was werde ich überhaupt noch träumen können, nachdem ich schon im Wachen und in Wirklichkeit an Ihrer Seite so glücklich gewesen bin?! O, seien Sie gesegnet, Sie liebes, gutes Mädchen, weil Sie mich nicht gleich am Anfang abgewiesen haben, weil ich dank Ihnen sagen darf, dass ich wenigstens zwei Abende in meinem Leben wirklich gelebt habe!«

»Ach nein, nein!«, rief Nastenka aus, und Tränen erglänzten in ihren Augen. »Nein, so darf es nicht weiter gehen! Wir dürfen nicht so auseinandergehen! Was sind zwei Abende?!«

»Ach, Nastenka, Nastenka! Wissen Sie denn, dass Sie mich für lange Zeit mit mir selbst versöhnt haben? Dass ich über mich niemals mehr so schlecht denken werde wie bisher? Dass ich mich vielleicht nicht mehr darüber grämen werde, aus meinem Leben ein Verbrechen und eine Sünde gemacht zu haben, – denn ein solches Leben ist Verbrechen und Sünde! Glauben Sie nur nicht, dass ich irgend etwas übertrieben habe, um Gottes willen, glauben Sie nur das nicht, Nastenka! Weil es Augenblicke gibt, wo mich solcher Gram, so unbeschreiblicher Gram verzehrt … Weil es mir in solchen Augenblicken vorkommt, dass ich nicht mehr fähig sei, ein wirkliches Leben zu leben; weil ich schon oft glaubte, jeden Takt, jeden Sinn für das wahre, wirkliche Leben verloren zu haben; weil ich mich oft verdammt habe; weil nach meinen phantastischen Nächten Augenblicke der Ernüchterung kommen, die wahrhaft schrecklich sind! Und dabei muss ich hören, wie rings um mich die Menschen toben und sich im Strudel des Lebens drehen; muss hören und sehen, wie Menschen leben, wie sie ein wirkliches, greifbares Leben leben, dass ihnen das Leben offen steht, dass es ihnen nicht wie ein Traumgesicht entschwebt, dass es sich ewig aus sich selbst erneut und verjüngt, dass keine Stunde dieses Lebens einer andern gleicht, – während meine scheue Phantasie so schal und eintönig ist, Sklavin eines Schattens, einer Idee, der ersten besten Wolke, die plötzlich die Sonne verdeckt und das Herz mit Wehmut erfüllt, das echte Petersburger Herz, dem seine Sonne so viel bedeutet, – und was wird erst aus der Phantasie, wenn mich einmal Wehmut erfüllt! – Ich fühle, wie sie schließlich ermattet, wie sich die »unerschöpfliche« erschöpft; denn man wächst ja innerlich, und die alten Ideale werden einem zu eng: sie zerfallen in Staub und Trümmer. Und wenn man kein anderes Leben hat, so muss man es eben aus diesen selben Trümmern bauen. Doch die Seele sehnt sich nach etwas anderem! Vergebens wühlt der Träumer wie in Schutt in seinen alten Träumen und sucht in ihrer Asche nach einem wenn auch noch so schwachen Fünkchen, um es anzufachen und mit dem neu entzündeten Feuer sein erkaltetes Herz zu erwärmen, um in ihm alles wiederzuerwecken, was ihm einst so teuer war, was die Seele rührte, das Blut in Wallung brachte, Tränen in die Augen trieb und so wunderbar trügte! Wissen Sie, Nastenka, wo ich angelangt bin? Wissen Sie, dass ich bereits Jahrestage meiner Empfindungen feiern muss, Gedenktage dessen, was mir einst so lieb war und was in Wirklichkeit niemals existierte, – meine Gedächtnisfeiern beziehen sich doch immer auf die gleichen einfältigen, wesenlosen Träume – und dass ich das tun muss, weil ich selbst diese einfältigen Träume nicht mehr habe, weil ich nichts habe, womit ich sie nähren kann, denn auch Träume müssen genährt werden? Wissen Sie, dass ich jetzt gern an bestimmten Tagen jene Stellen aufsuche, wo ich einst auf eine eigene Weise glücklich gewesen bin, dass ich meine Gegenwart oft auf das unwiederbringlich Vergangene abstimme und ganz ohne Not und Ziel, traurig und vergrämt durch die Petersburger Straßen und Gassen irre? Und was sind das auch für Erinnerungen! Da erinnere ich mich zum Beispiel, dass ich genau vor einem Jahr, an diesem selben Tag und zu dieser selben Stunde auf diesem selben Trottoir ebenso einsam und traurig gegangen bin wie heute! Ich erinnere mich, dass meine Gedanken auch damals schon traurig waren; und wenn ich sogar weiß, dass ich es auch damals nicht besser hatte, so kommt mir doch vor, als wäre mein Leben damals besser und ruhiger gewesen, als hätte ich damals weder die düsteren Gedanken gekannt, die mich jetzt verfolgen, noch die schmerzhaften Gewissensbisse, die mir jetzt Tag und Nacht keine Ruhe geben. Und zuweilen muss ich mich fragen: Wo sind denn deine Träume? Und ich schüttele den Kopf und sage: Wie schnell vergeht doch die Zeit! Und dann frage ich mich wieder: Was hast du mit deinen Jahren gemacht? Wo hast du deine beste Zeit begraben? Hast du gelebt oder nicht? Sieh nur, sag ich zu mir selbst, wie kalt es in der Welt wird! Noch einige Jahre, und dann kommt die traurigste Einsamkeit, kommt mit der Krücke das zitterige Alter, und mit ihnen Gram und Leid. Deine phantastische Welt wird verblassen, deine Träume werden absterben, verwelken und abfallen wie das gelbe Laub von den Ästen ... Ach Nastenka! Es ist so traurig, allein, ganz allein zu bleiben und nicht einmal etwas zu haben, was man beweinen könnte, nichts, gar nichts! ... Denn alles, was man verloren hat, war eigentlich nichts, eine absolute Null, ein Hirngespinst!«

»Genug! Sie verwunden mir mit Ihren Reden das Herz!«, sagte Nastenka, sich Tränen aus den Augen wischend. »Nun ist es damit zu Ende! Jetzt werden wir zusammen sein; was mir auch das Schicksal bringt, wir trennen uns nicht mehr. Hören Sie einmal. Ich bin ein einfaches Mädchen und habe, obwohl Großmutter für mich einen Lehrer hielt, wenig gelernt; doch ich verstehe Sie, denn ich habe alles, was Sie mir erzählten, auch selbst erlebt, seit mich Großmutter an ihr Kleid angesteckt hat. Natürlich könnte ich es nicht so schön erzählen wie Sie, ich habe zu wenig gelernt«, fügte sie unsicher hinzu, denn sie stand noch immer unter dem Eindruck meiner pathetischen Rede und meines hochtrabenden Stils: »doch es freut mich, dass Sie mir alles anvertraut haben. Jetzt kenne ich Sie durch und durch. Wissen Sie was? Nun will ich Ihnen meine Geschichte ebenso offen erzählen, ohne etwas zu verheimlichen, wie Sie mir; und Sie werden mir nachher einen Rat geben. Sie sind ja klug; wollen Sie versprechen, mir diesen Rat zu geben?«

»Ach, Nastenka!«, erwiderte ich, »ich bin zwar noch nie Ratgeber gewesen und noch weniger – kluger Ratgeber, doch jetzt sehe ich, dass es sehr klug wäre, wenn wir immer so leben würden, und dass dann ein jeder von uns dem andern viele kluge Ratschläge erteilen könnte! Worin brauchen Sie nun meinen Rat, reizende Nastenka? Sprechen Sie ganz offen; ich bin jetzt so froh, glücklich, kühn und klug, dass mir das Ratgeben wohl keine Schwierigkeiten machen wird.«

»Nein, nein!«, unterbrach mich Nastenka lachend: »Ich brauche nicht nur einen klugen, sondern auch einen herzlichen, brüderlich teilnehmenden Rat ... als ob Sie mich Ihr ganzes Leben lang geliebt hätten ...«

»Gut, Nastenka, abgemacht!«, rief ich entzückt: »Und wenn ich Sie auch schon seit zwanzig Jahren liebt hätte, meine Liebe zu Ihnen könnte gar nicht größer sein, als sie es schon jetzt ist!«

»Geben Sie mir Ihre Hand!«, sagte Nastenka.

»Hier ist sie!« Ich gab ihr meine Hand.

»Nun wollen wir mit meiner Geschichte beginnen!«

\* \* \*

### Nastenkas Geschichte.

»Die eine Hälfte meiner Geschichte kennen Sie bereits: nämlich, dass ich eine alte Großmutter habe ...«

»Wenn auch die andere Hälfte ebenso kurz ist wie diese«, unterbrach ich sie lachend.

»Schweigen Sie und hören Sie zu. Doch zuvor eine Bedingung: Sie dürfen mich nicht unterbrechen, sonst komme ich aus dem Konzept. Hören Sie also ruhig zu.

Ich habe eine alte Großmutter. Ich kam zu ihr schon als kleines Kind, denn ich habe beide Eltern früh verloren. Ich glaube, dass Großmutter früher einmal reicher war, denn sie gedenkt noch jetzt öfters besserer Tage. Die gleiche Großmutter hat mich Französisch gelehrt und mir später einen Lehrer genommen. Als ich fünfzehn Jahre alt war (und jetzt bin ich siebzehn), nahm der Unterricht ein Ende. Um jene Zeit stellte ich auch einen Streich an; was es für ein Streich war, will ich Ihnen nicht sagen; es soll Ihnen genügen, wenn ich sage, dass es nichts Schlimmes war. Nun rief mich Großmutter eines Morgens zu sich und sagte, dass sie, da sie blind sei, auf mich nicht aufpassen könne; und sie nahm eine Nadel, heftete mein Kleid an das ihrige an und sagte, dass wir nun unser Leben lang so nebeneinander sitzen würden, vorausgesetzt, dass ich mich nicht besserte. Mit einem Worte, ich konnte in der ersten Zeit wirklich nicht von Großmutters Seite weichen: arbeiten, lesen, lernen, alles musste ich in diesem Zustande. Einmal versuchte ich, Großmutter anzuführen, und überredete Fjokla, sich auf meinen Platz zu setzen. Fjokla ist unsere Dienstmagd; sie ist fast taub. Fjokla setzte sich also an meine Stelle; Großmutter war gerade in ihrem Lehnsessel eingeschlummert, und ich ging eine Freundin besuchen. Die Sache endete aber schlecht. In meiner Abwesenheit wachte Großmutter auf und fragte mich irgend etwas, denn sie glaubte natürlich, dass ich noch neben ihr sitze. Fjokla sah, dass Großmutter etwas fragte, konnte aber nichts hören; sie überlegte sich eine Weile, was sie tun sollte, nahm schließlich die Stecknadel heraus und lief davon ...«

Nastenka machte hier eine Pause und begann zu lachen. Auch ich musste lachen. Dann hörte sie aber gleich auf.

»Hören Sie, Sie sollen über meine Großmutter nicht lachen. Ich lache nur, weil es so komisch war ... Was soll ich machen, wenn Großmutter einmal so ist; ein wenig liebe ich sie aber trotzdem. Nun, ich wurde von ihr tüchtig ausgeschimpft, musste mich wieder auf meinen Platz setzen und konnte mich seitdem wirklich nicht mehr rühren.

Ich vergaß Ihnen zu sagen, dass wir, das heißt Großmutter ein eigenes Haus hat, vielmehr ein Häuschen, mit nur drei Fenstern; es ist ganz aus Holz und ebenso alt wie die Großmutter. Und oben ist noch eine Mansarde. In diese Mansarde zog also ein neuer Zimmerherr ein ...«

»Folglich hat es auch einen alten Zimmerherrn gegeben?«, bemerkte ich so nebenbei.

»Gewiss hat es einen gegeben«, antwortete Nastenka, »und der verstand besser zu schweigen als Sie. Er konnte allerdings kaum die Zunge bewegen. Es war ein ausgetrocknetes, stummes, blindes und lahmes altes Männchen, so alt, dass es schließlich nicht mehr leben konnte und sterben musste. Also mussten wir einen neuen Zimmerherrn haben: ohne einen Mieter können wir nämlich nicht auskommen, denn die

Miete ist neben Großmutters Pension unser ganzes Einkommen. Der neue Zimmerherr war ausgerechnet ein junger Mann, ein Fremder, aus der Provinz zugereist. Da er keinen Versuch machte, von der Miete etwas abzuhandeln, nahm ihn Großmutter auf. Doch später fragte sie mich: ‚Sag einmal, Nastenka, ist der neue Zimmerherr jung oder alt?' Ich wollte nicht lügen und sagte: ‚Man kann nicht sagen, dass er sehr jung sei, er ist aber auch nicht sehr alt.'

‚Nun, ist er von angenehmem Äußern?', fragte Großmutter weiter.

Ich wollte wieder nicht lügen und antwortete: ‚Ja, von recht angenehmem Äußern, Großmutter!' Großmutter sagte darauf: ‚Das ist eine Strafe Gottes! Ich sage das, mein Enkelkind, nicht damit du dich in ihn verguckst! Ja, diese neuen Zeiten! Ein so kleiner, bescheidener Mieter und hat dabei ein angenehmes Äußeres! Das war in der alten Zeit anders!'

Großmutter spricht nämlich bei jeder Gelegenheit von der guten alten Zeit! Sie behauptet, sie sei in der alten Zeit jünger gewesen, und die Sonne hätte wärmer geschienen, und der Rahm wäre nicht so schnell sauer geworden — alles in der guten alten Zeit! Ich höre zu, schweige und denke mir: Warum bringt mich Großmutter selbst auf solche Gedanken, wenn sie mich fragt, ob der neue Zimmerherr hübsch sei? Das ging mir nur so flüchtig durch den Kopf, und gleich darauf begann ich wieder die Maschen zu zählen und zu stricken, und vergaß diesen Vorfall ganz.

Eines Morgens kommt der Zimmerherr zu uns herunter, um nach der Tapete zu fragen, die man ihm für sein Zimmer versprochen hatte: Ein Wort gibt das andere: Großmutter spricht gern etwas viel. Auf einmal sagte sie mir: ‚Geh mal, Nastenka, hinüber in mein Schlafzimmer und hole das Rechenbrett.' Ich sprang gleich auf, errötete, ich weiß nicht weshalb, und vergaß dabei ganz, dass ich angeheftet war. Statt die Stecknadel vorsichtig abzustecken, dass es der Zimmerherr nicht sähe, riss ich so, dass der Sessel mit der Großmutter ins Rollen kam. Als ich sah, dass der Mieter alles bemerkt hatte, wurde ich noch röter, blieb wie angewurzelt stehen und brach plötzlich in Tränen aus; so sehr schämte ich mich, und so bitter war es mir, dass ich am liebsten in die Erde versunken wäre. Großmutter sagte aber: ‚Was stehst du so da?' Und ich weinte noch mehr. Wie der Zimmerherr sah, dass ich mich vor ihm schämte, verabschiedete er sich und ging gleich fort!

Seit jener Zeit stand mir bei jedem Geräusch im Flur das Herz still; ich dachte mir gleich: Da kommt er! und steckte für jeden Fall heimlich die Nadel ab. Doch es war jedes Mal wer anderer: der Zimmerherr ließ sich gar nicht blicken. So vergingen zwei Wochen. Eines Tages lässt er uns durch Fjokla sagen, dass er viele französische Romane habe, lauter gute, lesenswerte Bücher; ob Großmutter sie sich nicht von mir vorlesen lassen möchte, um sich die Zeit zu vertreiben? Großmutter nahm das Anerbieten mit Dank an, erkundigte sich aber einige Mal, ob es moralische Bücher seien. ‚Denn es gibt,' sagte sie, ‚auch unmoralische Bücher, die du, Nastenka, nicht lesen darfst, denn du könntest aus ihnen nur Schlechtes lernen!'

‚Was könnte ich denn daraus lernen? Was steht in solchen Büchern?'

‚In solchen Büchern wird beschrieben, wie junge Männer gesittete Mädchen ver-führen, wie sie sie unter dem Vorwande, sie heiraten zu wollen, aus dem Elternhause entführen und sie dann in ihrem Unglück sitzen lassen, und wie dann diese Mäd-chen elend zugrunde gehen. Ich habe viele solche Bücher gelesen', sagte die Groß-mutter, ‚und es ist darin alles so schön geschildert, dass man sich gar nicht losreißen kann und zuweilen heimlich eine ganze Nacht durchliest. Also ich bitte dich, Nas-tenka, lies solche Bücher nicht! Was für Bücher hat er übrigens geschickt?'

‚Es sind lauter Romane von Walter Scott, Großmutter!'

‚So, von Walter Scott! Ob aber nicht irgendetwas dahinter steckt?! Schau mal nach, Nastenka, ob er nicht irgendeinen Liebesbrief hineingelegt hat!'

‚Nein, Großmutter!' sage ich, ‚da liegt kein Brief drin.'

‚Schau auch unter dem Einbande nach! Sie pflegen manchmal ihre Liebesbriefe unter dem Einbanddeckel zu verstecken, die Spitzbuben!'

‚Nein, Großmutter, auch unter dem Einband steckt nichts!' ‚Also riss auf!'

So begannen wir den Walter Scott zu lesen und waren in einem Monat mit der Hälfte der Bände fertig. Dann schickte er noch andere Bücher, auch Puschkin war dabei. So dass ich schließlich ohne Bücher gar nicht mehr leben konnte und sogar meinen Traum, wie ich den chinesischen Prinzen heirate, gänzlich vergaß.

So stand die Sache, als ich einmal unsern Mieter ganz zufällig auf der Treppe traf. Großmutter hatte mich etwas kaufen geschickt. Er blieb stehen, ich errötete, und auch er errötete; schließlich lachte er, sagte mir guten Tag, erkundigte sich nach Großmutters Befinden und fragte: ‚Nun, haben Sie die Bücher gelesen?' Ich antwor-tete: ‚Ja, wir haben sie gelesen.' – ‚Was hat Ihnen am besten gefallen?' – ‚Ivanhoe und Puschkin haben mir am besten gefallen.' Damit endete diesmal unser Gespräch.

Nach acht Tagen traf ich ihn wieder auf der Treppe. Diesmal hatte mich nicht Großmutter geschickt, sondern ich musste selbst etwas besorgen. Es war gerade um drei Uhr nachmittags, also um die Stunde, wo er gewöhnlich nach Hause zu kom-men pflegte. ‚Guten Tag!', sagte er mir. ‚Guten Tag!' antwortete ich.

‚Ist es Ihnen gar nicht langweilig, so den ganzen Tag mit der Großmutter zu sit-zen?', fragte er mich.

Als er das fragte, wurde ich, ich weiß nicht warum, über und über rot; ich schämte mich, und es tat mir weh, dass sich schon Fremde über meine Lage erkundigten. Ich wollte sogar gehen, ohne ihm Antwort zu geben, brachte es aber nicht übers Herz.

‚Hören Sie doch!' sagte er weiter, ‚Sie sind wirklich ein gutes Mädchen! Entschul-digen Sie, dass ich mit Ihnen so spreche, doch ich versichere Sie, dass ich Ihnen nur alles Gute wünsche. Haben Sie denn gar keine Freundinnen, die Sie einmal besuchen könnten?'

Ich sagte ihm, dass ich gar keine Freundinnen habe; ich hätte wohl eine Freundin, namens Maschenka gehabt, diese sei aber nach Pskow verzogen.

‚Hören Sie,' sagte er drauf, ‚möchten Sie nicht einmal mit mir ins Theater gehen?'

‚Ins Theater? Und was wird Großmutter sagen?'

‚Das müssen Sie eben hinter ihrem Rücken machen ...'

‚Nein,' sagte ich, ‚ich will meine Großmutter nicht betrügen. Leben Sie
wohl!' ‚Gut, leben Sie wohl!' sagte er. Sonst sagte er nichts.

Doch am Nachmittag kam er zu uns herunter; er nahm Platz, unterhielt sich lange
mit Großmutter, fragte sie, ob sie irgendwohin ausfahre, ob sie Bekannte habe und
sagte plötzlich so nebenbei: ‚Ich habe für heute Abend eine Loge in die Oper genommen. Der Barbier von Sevilla wird gegeben. Bekannte wollten mitgehen. Nun
sagten sie ab, und so sitze ich mit dem Billett.'

‚Der Barbier von Sevilla!' rief Großmutter aus. ‚Ist es derselbe Barbier, den man in
der alten Zeit zu geben pflegte?'

‚Ja,' sagte er, ‚es ist derselbe!' Und dabei warf er mir einen Blick zu. Ich hatte
schon alles begriffen, und das Herz hüpfte mir in freudiger Erwartung!

‚Wie sollte ich ihn nicht kennen?' sagte Großmutter: ‚Habe ich doch selbst einmal
vor vielen Jahren bei einer Liebhaberaufführung die Rosine gespielt!'

‚Würden Sie vielleicht heute mitkommen?' fragte der Mieter. ‚Sonst verfällt ja
mein Billett unbenutzt.'

‚Warum denn nicht?' sagte Großmutter. ‚Gerne! Meine Nastenka ist ja noch nie
im Theater gewesen.'

Mein Gott, diese Freude! Wir machten uns gleich bereit, kleideten uns um und
fuhren hin. Großmutter ist zwar blind, wollte aber doch gern die Musik hören; und
dann ist sie ja auch eine gute Seele: sie tat es mehr, um mir ein Vergnügen zu berei-
ten. Denn sonst wären wir wohl nie in die Oper gekommen. Welchen Eindruck auf
mich der Barbier machte, das will ich Ihnen gar nicht sagen. Aber unser Mieter sah
mich den ganzen Abend so freundlich an und sprach zu mir so herzlich, dass ich mir
gleich sagte, er wollte mich heute früh nur prüfen, als er mir vorschlug, ich möchte
mit ihm allein ins Theater gehen! Nein, diese Freude! Als ich an diesem Abend zu
Bett ging, war ich so stolz, so froh, und hatte solches Herzklopfen, dass ich beinahe
fieberte. Die ganze Nacht phantasierte ich vom ‚Barbier von Sevilla'.

Ich glaubte, dass er uns von nun an öfter besuchen würde. Aber das fiel ihm gar
nicht ein. Er hörte fast auf, zu uns zu kommen. Höchstens einmal im Monat kam er
herunter, und jedes Mal nur um uns aufzufordern, mit ihm ins Theater zu gehen. So
an die zweimal gingen wir mit ihm auch wirklich hin. Dieses Benehmen gefiel mir
gar nicht. Ich sah, dass er mit mir einfach Mitleid hatte, weil ich von der Großmutter so behandelt wurde, und sonst nichts. Je mehr ich darüber nachdachte, um so
mehr kränkte es mich; schließlich konnte ich weder lesen, noch arbeiten, noch überhaupt ruhig auf einem Platze sitzen; manchmal lachte ich und stellte irgendwelche
Streiche an, über die sich Großmutter ärgern musste, und manchmal weinte ich.
Schließlich kam ich so herunter, dass ich beinahe krank wurde. Die Opernsaison war
indessen zu Ende, und der Zimmerherr stellte seine Besuche ganz ein. Und jedes
Mal, wenn wir uns begegneten – natürlich immer auf der Treppe – grüßte er mich

stumm und mit so ernstem Gesicht, als ob er mit mir überhaupt nicht mehr sprechen wollte; und wenn er schon längst aus dem Flur gegangen war, stand ich noch immer da, über und über rot: denn sooft ich ihm begegnete, stieg mir das Blut in den Kopf.

Nun kommt bald das Ende. Genau vor einem Jahr, im Mai, kam er einmal zu uns herunter und erklärte Großmutter, dass er seine Angelegenheiten in Petersburg erledigt hätte und nun für ein Jahr nach Moskau gehen müsse. Als ich das hörte, erblasste ich und ließ mich beinahe ohnmächtig in einen Stuhl fallen. Großmutter merkte nichts davon, er aber kündigte die Wohnung, verabschiedete sich und ging.

Was sollte ich da tun? Ich dachte lange nach, grämte mich, und fasste mir schließlich ein Herz. Am Abend vor seiner Abreise machte ich, sobald Großmutter eingeschlafen war, den entscheidenden Schritt. Ich band einige Kleider und etwas Wäsche zusammen und ging mit diesem Bündel in der Hand, mehr tot als lebendig zu unserm Zimmerherrn hinauf. Ich glaubte, es dauerte eine ganze Stunde, bis ich die Treppe hinaufgestiegen war. Als ich die Türe zu seinem Zimmer öffnete und er mich sah, schrie er förmlich auf. Er glaubte wohl, ich sei ein Gespenst; dann brachte er mir schnell ein Glas Wasser, denn ich hielt mich kaum auf den Beinen. Mein Herz klopfte so stark, dass mir davon der Kopf weh tat, und meine Gedanken waren ganz wirr. Und als ich zu mir kam, legte ich mein Bündel aufs Bett, setzte mich daneben, bedeckte das Gesicht mit den Händen und begann bitterlich zu weinen. Er hatte wohl alles augenblicklich begriffen! er stand neben mir so bleich und sah mich so traurig an, dass mir das Herz weh tat.

‚Hören Sie, Nastenka!' begann er: ‚ich kann nichts unternehmen, ich bin arm und habe nichts, nicht einmal eine anständige Anstellung. Wie würden wir leben, wenn ich Sie heiratete?'

Wir sprachen noch lange hin und her, schließlich wurde ich ganz rasend und sagte ihm, dass ich bei Großmutter nicht länger bleiben könne, dass ich von ihr weglaufen würde, dass ich nicht wolle, noch länger an sie mit einer Nadel angesteckt zu sein, und dass ich, ob er will oder nicht, mit ihm nach Moskau gehen würde. Scham und Liebe und Stolz – alles sprach aus mir zugleich. Schließlich fiel ich, wie in Krämpfen, auf das Bett nieder. So sehr fürchtete ich, abgewiesen zu werden!

Er saß einige Minuten schweigend da, erhob sich dann von seinem Platz, ging auf mich zu und nahm mich bei der Hand.

‚Hören Sie, meine gute, liebe Nastenka!' begann er, gleich mir gegen Tränen kämpfend. ‚Hören Sie mich an! Ich schwöre Ihnen: wenn ich einmal in der Lage sein werde, zu heiraten, so werden nur Sie und keine andere mein Glück ausmachen! Hören Sie: ich fahre jetzt nach Moskau und bleibe dort genau ein Jahr. Ich hoffe mir dort eine Lebensstellung zu schaffen. Wenn ich zurückkehre und Sie mich dann noch liebhaben, so werden wir zusammen glücklich werden; das schwöre ich Ihnen! Doch jetzt ist das ganz unmöglich, ich kann und darf Ihnen nichts versprechen. Doch ich sage es noch einmal: wenn nicht in einem Jahr, irgendeinmal wird uns das

Glück doch noch blühen; selbstverständlich nur dann, wenn Sie mir nicht inzwischen einen andern vorgezogen haben würden; denn ich darf nicht und wage nicht, Sie mit einem Wort zu binden.'

Das alles sagte er mir und reiste am nächsten Morgen ab. Wir hatten noch gemeinsam beschlossen, Großmutter kein Wort davon zu sagen. Er wollte es so. Nun ist meine Geschichte beinahe zu Ende. Das Jahr ist fast abgelaufen. Er ist zurückgekehrt und seit drei Tagen hier ... Und ...«

»Und was?«, schrie ich beinahe laut auf, neugierig, das Ende zu erfahren.

»Und ist bis jetzt noch nicht gekommen!«, brachte Nastenka mit großer Mühe hervor: »Hat nichts von sich hören lassen ...«

Sie hielt eine Weile inne, senkte den Kopf, bedeckte das Gesicht mit den Händen und begann so bitter zu schluchzen, dass sich mein Herz zusammenkrampfte.

Ein solches Ende hatte ich wirklich nicht erwartet.

»Nastenka!«, begann ich mit leiser, einschmeichelnder Stimme: »Nastenka, um Gottes willen, weinen Sie doch nicht! Woher wissen Sie es? Vielleicht ist er noch gar nicht hier ...«

»Er ist hier! Er ist hier!«, fiel mir Nastenka erregt ins Wort: »Er ist hier, ich weiß es! Wir hatten es noch damals, am Abend vor seiner Abreise abgemacht. Als wir uns alles gesagt hatten, was ich Ihnen eben wiedererzählte, kamen wir her, an diese Stelle. Es war zehn Uhr abends; wir saßen hier auf dieser Bank; ich weinte nicht mehr, es war mir so süß, seinen Worten zuzuhören ... Er sagte, dass er gleich nach seiner Rückkehr zu uns kommen wollte, und wir dann alles der Großmutter erzählen würden, wenn ich mich nur bis dahin von ihm nicht lossagte. Nun ist er zurückgekehrt, ich weiß es ganz bestimmt, und ließ sich bei uns noch immer nicht sehen!«

Und sie brach von neuem in Tränen aus.

»Mein Gott! Kann ich Ihnen denn gar nicht helfen?«, rief ich ganz verzweifelt und sprang von der Bank auf. »Sagen Sie, Nastenka: geht es nicht, dass ich ihn aufsuche und mit ihm spreche?«

»Geht denn das?«, fragte sie, plötzlich aufhorchend.

»Nein, natürlich geht das nicht!«, antwortete ich nach rascher Überlegung. »Aber etwas anderes: schreiben Sie ihm doch einen Brief!«

»Nein, das ist unmöglich, ganz unmöglich!«, erwiderte sie sehr entschieden. Sie ließ schon wieder den Kopf sinken und sah mich nicht an.

»Warum unmöglich? Warum ginge das nicht?«, fuhr ich fort, krampfhaft an meiner Idee festhaltend. »Wissen Sie, Nastenka, was für einen Brief ich meine? Es gibt Briefe und Briefe ... Ach, Nastenka, das wäre wirklich das Beste! Vertrauen Sie sich mir nur an! Ich will Ihnen doch keinen schlechten Rat geben! Das lässt sich wirklich machen! Sie haben ja den ersten Schritt getan, und jetzt auf einmal ...«

»Es geht nicht! Es geht nicht! Es würde so aussehen, als ob ich mich ihm aufdrängte ...«

»Meine gute Nastenka!«, unterbrach ich sie, ohne mein Lächeln zu verbergen. »Es würde gar nicht so aussehen! Denn schließlich sind Sie im Recht, wenn er Ihnen das Versprechen gegeben hat. Ich sehe ja auch aus allem, was Sie mir erzählten, dass er ein durchaus anständiger Mensch ist und sich Ihnen gegenüber durchaus ehrenhaft benommen hat.« Ich war von der Logik meiner eigenen Gründe und Beweise schon ganz hingerissen. »Was hat er getan? Er hat sich durch ein Versprechen gebunden. Er hat doch gesagt, dass er keine andere als Sie nehmen werde, wenn er überhaupt einmal heiratete. Ihnen hat er aber volle Freiheit gelassen, so dass Sie sich von ihm jeden Augenblick lossagen konnten … In diesem Falle dürfen Sie wohl den ersten Schritt tun; Sie sind im Recht und haben den Vorteil, dass Sie ihm, zum Beispiel, sein Wort, mit dem er sich selbst gebunden, zurückgeben können …«

»Sagen Sie, wie würden Sie schreiben?«

»Was schreiben?«

»Nun, den Brief.«

»Ich würde so schreiben: ‚Sehr geehrter Herr‘ …«

»Muss man mit dieser Anrede anfangen?«

»Unbedingt! Übrigens … Ich glaube …« »Nun gut! Weiter!«

»‚Sehr geehrter Herr! Entschuldigen Sie, wenn ich …‘ Nein, Sie haben sich gar nicht zu entschuldigen! Die Tatsache selbst entschuldigt Sie. Schreiben Sie einfach so: ‚Ich schreibe Ihnen. Verzeihen Sie meine Ungeduld; doch ich lebte ein ganzes Jahr in Hoffnung und war glücklich. Bin ich schuld, dass ich jetzt keinen Tag des Zweifels ertragen kann? Nun sind Sie zurückgekehrt, haben aber vielleicht Ihre Absichten geändert. In diesem Falle soll mein Brief Ihnen sagen, dass ich nicht klage und Ihnen nichts vorwerfe. Ich kann Sie doch nicht dafür verantwortlich machen, dass ich keine Gewalt mehr über Ihr Herz habe; so ist schon einmal mein Schicksal!

Sie sind ein edler Mensch. Sie werden über meine ungeduldigen Zeilen weder lächeln noch sich ärgern. Vergessen Sie nicht, dass es nur ein armes Mädchen ist, das Ihnen schreibt, dass es ganz einsam ist und niemanden hat, den es um Rat und Beistand bitten könnte, und dass es niemals fähig war, ihr eigenes Herz zu beherrschen. Doch verzeihen Sie, wenn ich in mir auch nur für einen Augenblick Zweifel aufkommen ließ. Sie sind nicht einmal in Gedanken fähig, die zu beleidigen, die Sie so liebte und noch jetzt liebt.‘«

»Ja, ja! So habe ich es mir auch gedacht!«, rief Nastenka, und Freude leuchtete aus ihren Augen. »Ja, Sie haben alle meine Zweifel gelöst, Gott selbst hat Sie mir gesandt! Ich danke Ihnen, ich danke!«

»Wofür? Dafür, dass mich Gott gesandt hat?« fragte ich, ihr freudestrahlendes Gesichtchen mit Entzücken betrachtend.

»Ja, meinetwegen dafür!«

»Ach Nastenka! Wir sind ja wirklich einem Menschen manchmal nur dafür dankbar, dass er in unserer Nähe lebt. Auch ich bin Ihnen dankbar dafür, dass wir uns begegnet sind, dafür, dass ich nun mein Leben lang an Sie denken werde!«

»Nun genug! Ich muss Ihnen noch etwas sagen: Wir haben damals ausgemacht, dass er gleich nach seiner Rückkehr mir Nachricht gibt, und zwar durch einen Brief, den er bei meinen Bekannten, guten und einfachen Leuten, die von der ganzen Sache nichts wissen, für mich abgibt; und wenn es ihm unmöglich sein sollte, mir einen Brief zu schreiben, weil man in einem Briefe doch nicht alles aussprechen kann, so wollte er gleich am Tage seiner Ankunft um punkt zehn Uhr abends hierher kommen, wo wir uns also treffen würden. Dass er zurückgekehrt ist, weiß ich bestimmt; und nun sind schon drei Tage vergangen, und er hat mir weder einen Brief geschickt, noch ist er selbst hergekommen. Am Vormittag kann ich unmöglich von Großmutter abkommen. Darum bitte ich Sie, Sie möchten selbst den Brief morgen zu den guten Leuten bringen, von denen ich eben sprach und die ihn dann weitergeben werden. Und wenn eine Antwort darauf kommt, so möchten Sie sie morgen abends um zehn Uhr hierher bringen.«

»Aber der Brief selbst! Der muss ja erst noch geschrieben werden! Die Antwort kann also doch frühestens übermorgen kommen!«

»Ja, der Brief ...«, versetzte Nastenka etwas verlegen. »Der Brief ... aber ...«

Sie sprach den Satz nicht zu Ende. Sie wandte ihr Gesichtchen etwas weg, wurde rot wie eine Rose, und plötzlich fühlte ich in meiner Hand einen Brief, den sie wohl schon längst geschrieben und versiegelt hatte. Eine alte, liebe, anmutige Erinnerung ging mir durch den Kopf!

»R, o – Ro, s, i – si, n, a – na!«, begann ich.

»Rosina!« sangen wir beide: ich, sie vor Entzücken beinahe umarmend, sie – noch mehr errötend und durch Tränen, die wie Perlen an ihren dunklen Wimpern glänzten, lachend.

»Nun ist's genug, genug! Leben Sie wohl!«, sagte sie hastig. »Sie haben also den Brief und die Adresse, wo Sie ihn abgeben sollen. Leben Sie wohl! Auf Wiedersehen morgen!«

Sie drückte mir fest beide Hände, nickte mir zu und lief wie ein Pfeil in ihre Seitengasse. Ich blieb noch lange stehen und begleitete sie mit den Blicken.

»Also morgen! Morgen!«, sagte ich mir, als sie meinen Blicken entschwunden war.

\* \* \*

## Die dritte Nacht

Heute war ein trauriger, regnerischer Tag, so trostlos, wie das mich erwartende Alter. Mich bedrücken jetzt so seltsame Gedanken und dunkle Gefühle, und in meinem Kopfe drängen sich so viele für mich noch unklare Fragen, – und doch habe ich weder die Kraft, noch den Wunsch, sie zu lösen. Wie könnte ich sie auch lösen!

Heute werden wir uns nicht wiedersehen. Als wir uns gestern abends verabschiede-ten, begann sich der Himmel zu bewölken, und ein Nebel stieg auf. Ich sagte noch, dass wir heute einen schlechten Tag haben werden; sie erwiderte darauf nichts, denn sie wollte nicht gegen ihre Überzeugung sprechen: für sie ist dieser Tag leicht und heiter, und ihr Glück von keiner Wolke bedroht.

»Wenn es regnet, werden wir uns nicht sehen!«, sagte sie: »Dann komme ich nicht!«

Ich erwartete, dass sie den heutigen Regen gar nicht bemerken würde, sie kam aber wirklich nicht.

Gestern war unser drittes Beisammensein, unsere dritte weiße Nacht …

Wie doch Freude und Glück einen Menschen schön machen! Wie glüht das Herz in Liebe! Man will sein Herz gleichsam in das Herz des andern ausschütten, man will, dass alles froh sei und lache! Und wie ansteckend ist diese Freude: In ihren Worten lag gestern solche Zärtlichkeit zu mir, und in ihrem Herzen soviel Güte! … Wie sie mir den Hof machte, wie freundlich sie zu mir war, wie sie mein Herz er-mutigte und umschmeichelte! Wie kokett wird man doch im Glück! Und ich … Ich nahm alles für bare Münze, ich glaubte, dass sie …

Mein Gott, wie durfte ich das glauben? Wie konnte ich so blind sein, wo ich wusste, dass alles einem andern und nicht mir gehört, wo selbst ihre ganze Zärtlich-keit, ihre Besorgtheit um mich, ihre Liebe … ja, ihre Liebe zu mir! – nichts anderes war, als die Freude über das nahende Wiedersehen mit dem andern, als der Wunsch, auch mich mit ihrer Glückseligkeit anzustecken? … Und als er nicht gekommen war, als wir vergebens gewartet hatten, da wurde sie doch traurig, scheu und ängst-lich. Alle ihre Bewegungen und Worte waren auf einmal nicht mehr so leicht, spiele-risch und freudig wie früher. Und seltsam: sie verdoppelte ihre Aufmerksamkeit gegen mich, als ob sie mir instinktiv das geben wollte, was sie sich selbst ersehnte und worum sie bangte, dass es vielleicht nicht eintreffen werde. Meine Nastenka war so entmutigt und verängstigt, dass sie schließlich einsah, wie sehr ich sie liebte; und sie hatte Mitleid mit meiner unglücklichen Liebe. Wenn wir unglücklich sind, emp-finden wir fremdes Leid stärker; unser Gefühl zerstreut sich dann nicht so, sondern wird konzentrierter …

Ich kam also gestern zum Stelldichein mit übervollem Herzen und konnte sie kaum erwarten. Ich ahnte noch gar nicht, was ich später empfinden würde und dass alles anders enden sollte, als ich gedacht hatte. Sie strahlte vor Freude, denn sie er-wartete seine Antwort. Die Antwort sollte er selbst sein: er sollte ja kommen, auf ihren Ruf herbeieilen. Sie kam um eine ganze Stunde früher als ich. Anfangs war sie ganz ausgelassen und lachte über alles und über jedes Wort, das ich sprach. Ich versuchte mit ihr ernst zu sprechen, musste es aber aufgeben. »Wissen Sie, warum ich so lustig bin?«, fragte sie: »Warum ich mich freue, wenn ich Sie bloß ansehe? Warum ich Sie heute so liebe?«

»Nun?«, fragte ich mit bebendem Herzen.

»Ich liebe Sie, weil Sie sich in mich nicht verliebt haben. Jeder andere an Ihrer Stelle würde wohl zudringlich werden, würde schmachten, stöhnen und mich beunruhigen; doch Sie sind so nett!«

Sie drückte meine Hand so fest zusammen, dass ich fast aufschrie. Sie lachte.

Nach einer Minute begann sie sehr ernst:

»Mein Gott! Was für ein guter Freund Sie sind! Ja, Sie sind mir wirklich von Gott gesandt! Wie stünde ich jetzt da, wenn ich Sie nicht hätte! Wie uneigennützig Sie sind! Wie gütig ist Ihre Liebe zu mir! Wenn ich einmal verheiratet bin, werden wir beide Freunde sein, mehr als Geschwister! Ich werde Sie fast ebenso lieben, wie ihn ...«

In diesem Augenblick wurde mir so seltsam traurig zumute; dabei regte sich aber in meiner Seele etwas wie Lachen.

»Sie sind zu sehr erregt«, sagte ich, »Sie haben Angst: Sie fürchten, dass er nicht kommt.«

»Was fällt Ihnen ein!«, antwortete sie. »Wenn ich jetzt nicht so glücklich wäre, so müsste ich weinen, weil Sie mich missverstehen und mir Vorwürfe machen! Sie haben mich übrigens auf einen Gedanken gebracht, ich werde darüber später nachdenken ... Jetzt will ich nur gestehen, dass Sie vielleicht auch recht haben: Ja, ich bin wirklich ganz aus Rand und Band; ich bin ganz Erwartung und nehme daher alles zu leicht. Genug davon, wollen wir doch nicht mehr von Gefühlen sprechen ...«

In diesem Augenblick ließen sich Schritte vernehmen, und in der Dunkelheit zeigte sich eine Gestalt, die sich uns zu nähern schien. Wir beide begannen zu zittern; sie schrie fast auf. Ich ließ ihre Hand aus der meinigen los und machte eine Bewegung, als ob ich mich zurückziehen wollte. Doch wir hatten uns getäuscht: es war nicht er.

»Was fürchten Sie? Warum zogen Sie Ihre Hand zurück?«, fragte sie, sie mir wieder gebend. »Was ist denn? Wir wollen ihn doch gemeinsam erwarten? Ich will, dass er sieht, wie wir einander lieben!«

»Wie wir einander lieben!«, rief ich aus.

Oh Nastenka, Nastenka! – sagte ich zu mir selbst: – wieviel hast du mir mit diesem Worte gesagt! Vor solcher Liebe erkaltet manchmal das Herz, und die Seele wird matt und traurig. Deine Hand ist kalt, die meinige ist fiebernd heiß. Wie blind du bist, Nastenka! Wie unerträglich ein glücklicher Mensch manchmal sein kann! Doch ich kann dir nicht zürnen! ...

Schließlich musste mein Herz überfließen, und ich rief:

»Hören Sie, Nastenka! Wissen Sie, wie ich den heutigen Tag verbracht habe?«

»Nun wie, wie denn? Erzählen Sie es rasch! Warum haben Sie bisher geschwiegen?«

»Zunächst habe ich also alle Ihre Bestellungen ausgeführt, habe den Brief abgegeben, Ihre Bekannten besucht; und dann ... dann ging ich nach Hause und legte mich schlafen.«

»Ist das alles?«, unterbrach Sie mich lachend.

»Ja, das ist beinahe alles«, erwiderte ich mit großer Selbstüberwindung, denn törichte Tränen wollten mir in die Augen treten. »Eine Stunde vor dem verabredeten Stelldichein erwachte ich, es war mir aber, als ob ich gar nicht geschlafen hätte. Ich weiß nicht, was mit mir vorging. Ich ging her, um Ihnen das alles zu erzählen; es war mir, als wäre die Zeit stehen geblieben, als müsste eine gewisse Empfindung in mir von nun an ewig dauern, als müsste dieser Augenblick zu einer Ewigkeit erstarren und mein ganzes Leben stille stehen ... Als ich erwachte, war es mir, als ob ich mich an eine alte Melodie, die ich einmal irgendwo gehört und nachher vergessen hatte, wieder erinnerte. Es war mir, als ob diese Melodie mein Leben lang aus meiner Seele hinaus wollte, und erst jetzt ...«

»Mein Gott!«, unterbrach mich Nastenka. »Was wollen Sie damit sagen? Ich verstehe ja kein Wort!«

»Ach Nastenka! Ich wollte ja nur diese seltsame Empfindung wiedergeben ...«, begann ich mit weinerlicher Stimme, in der noch eine, wenn auch sehr schwache Hoffnung bebte.

»Lassen Sie es! Genug!«, fiel sie mir ins Wort. In einem Augenblick hatte sie mich durchschaut, die Schelmin!

Plötzlich wurde sie ungewöhnlich gesprächig, lustig und ausgelassen. Sie nahm meinen Arm, lachte, verlangte von mir, dass auch ich lache und beantwortete jedes verlegene Wort, das ich sprach, mit hellem, nicht enden wollendem Lachen ... Ich fing an ärgerlich zu werden; nun kokettierte sie plötzlich:

»Hören Sie einmal«, sagte sie: »eigentlich ärgere ich mich, dass Sie sich in mich nicht verliebt haben. Da soll man sich noch in einem Menschen auskennen! Und doch müssen Sie, mein gestrenger Herr, lobend anerkennen, dass ich mich so einfach gebe. Ich erzähle Ihnen ja alles, sage alles, was mir für Dummheiten auch in den Sinn kommen.«

»Hören Sie? Ich glaube, es schlägt elf!«, unterbrach ich sie, als sich von einem fernen Uhrturm abgemessene Glockentöne vernehmen ließen. Sie hielt plötzlich inne, lachte nicht mehr und zählte die Glockenschläge.

»Ja, es ist elf!«, sagte sie schließlich mit zaghafter, unsicherer Stimme.

Ich bereute sofort, dass ich sie so erschreckte, indem ich sie die Glockenschläge zählen ließ, und ich verwünschte meinen Anfall von Bosheit. Sie tat mir leid, und ich wusste gar nicht, wie ich mein Vergehen wieder gut machen sollte. Ich begann sie zu trösten und Erklärungen, Gründe und Beweise für sein langes Ausbleiben zu erfinden. Niemand ließe sich leichter betrügen als sie in diesem Augenblick; in ähnlicher Lage ist ja jeder Mensch für Trost empfänglich und froh, wenn man ihm auch nur den Schatten einer Rechtfertigung vorbringt.

»Ihre Aufregung ist wirklich lächerlich«, sagte ich, immer mehr in Ekstase kommend und von der Klarheit meiner eigenen Beweise entzückt: »Er konnte ja heute überhaupt noch nicht kommen; Sie haben auch mich verführt und verwirrt, so dass ich aus jeder Zeitrechnung herausgekommen bin ... Bedenken Sie doch selbst: den Brief hat er ja erst eben bekommen; setzen Sie den Fall, dass er aus irgendeinem Grunde nicht kommen konnte und Ihnen auch sofort geschrieben hat, dass er verhindert ist. Diese Antwort kann aber frühestens morgen kommen. Ich will morgen in aller Frühe den Brief abholen gehen und Ihnen dann sofort Nachricht geben. Sie können sich tausend Möglichkeiten denken: zum Beispiel, dass er nicht zu Hause war, als der Brief kam, so dass er ihn noch gar nicht gelesen hat. Es ist ja alles möglich.«

»Ja, ja!«, fiel mir Nastenka ins Wort. »Ich habe daran gar nicht gedacht! Es ist ja wirklich alles möglich«, fuhr sie mit nachgiebiger Stimme fort, in der aber, wie ein ärgerlicher Misston, auch ein anderer entfernter Gedanke zu hören war. »Ich bitte Sie also folgendes zu tun: gehen Sie morgen in aller Frühe hin, und wenn Sie etwas von ihm vorfinden, geben Sie mir sofort Nachricht. Sie wissen ja, wo ich wohne?« Und sie sagte mir noch einmal ihre Adresse.

Dann wurde sie plötzlich so zärtlich, so lieb zu mir ... Sie schien aufmerksam allen meinen Worten zu lauschen; doch als ich mich an sie mit irgendeiner Frage wandte, gab sie keine Antwort, wurde verlegen und wandte ihr Köpfchen weg. Ich blickte ihr in die Augen; ich hatte mich nicht getäuscht: sie weinte.

»Wie können Sie nur? Ach was für ein Kind Sie noch sind! Ein kleines Kind! ... Hören Sie doch auf!«

Sie versuchte zu lächeln und ruhig zu erscheinen, doch ihr Kinn zitterte noch immer und ihre Brust wogte.

»Ich denke eben über Sie«, sagte sie nach kurzem Schweigen. »Sie sind so gütig, dass ich aus Stein sein müsste, um es nicht zu fühlen. Wissen Sie, was mir eben durch den Kopf geht? Ich habe Sie beide verglichen. Warum ist er nicht Sie? Warum ist er nicht so wie Sie? Er ist schlechter als Sie, und doch liebe ich ihn mehr.«

Ich sagte darauf nichts. Sie erwartete aber wohl, dass ich etwas sage.

»Es ist allerdings möglich«, sagte sie fortfahrend, »dass ich ihn noch nicht genügend kenne und nicht recht verstehe. Wissen Sie: es ist mir, als hätte ich ihn immer gefürchtet; er war stets so ernst und stolz. Ich weiß natürlich, dass es nur der äußere Eindruck war, und dass in seinem Herzen mehr Zärtlichkeit wohnte als im meinigen ... Ich weiß noch, wie er mich ansah, als ich, Sie wissen noch? – mit meinem Bündel zu ihm kam? und doch habe ich etwas zu viel Achtung vor ihm. Und das bedeutet doch, dass wir uns nicht als gleiche gegenüberstehen?«

»Nein, Nastenka«, erwiderte ich, »nein, das bedeutet nur, dass Sie ihn mehr als alles in der Welt lieben und sogar mehr als sich selbst.«

»Gut, nehmen wir an, dass es so ist«, sagte Nastenka ganz naiv: »Wissen Sie, was ich Ihnen noch sagen will? Das bezieht sich gar nicht auf ihn, ich spreche nur so ganz allgemein; ich habe schon oft darüber nachgedacht. Sagen Sie mir, warum sind nicht alle Menschen wie Geschwister zueinander? Warum verheimlicht und verschweigt auch der beste Mensch immer etwas vor dem andern? Warum sagt man nicht ganz offen, was man auf dem Herzen hat, wenn man weiß, dass man nicht in den Wind spricht? So bemüht sich aber jeder Mensch ernster und verschlossener zu erscheinen, als er in Wirklichkeit ist: er glaubt wohl seine Gefühle zu entweihen, wenn er sie gar zu schnell und offen ausspricht ...«

»Ja, Nastenka, Sie haben recht! Das hat aber verschiedene Ursachen«, unterbrach ich sie: in diesem Augenblick musste ich mich selbst mehr als je zusammennehmen, um meine wahren Gefühle zu verbergen.

»Nein, nein!«, entgegnete sie tief ergriffen. »Sie zum Beispiel sind doch ganz anders! Ich weiß wirklich nicht, wie ich Ihnen sagen soll, was ich empfinde; doch ich habe den Eindruck, dass Sie zum Beispiel ... jetzt, gerade jetzt, mir ein Opfer bringen.« Sie streifte mich mit einem schüchternen Blick. »Verzeihen Sie, dass ich so spreche: ich bin ein einfaches Mädchen und habe wenig im Leben gesehen; daher kann ich manchmal nicht die richtigen Ausdrücke finden ...« Ihre Stimme zitterte von einem verhaltenen Gefühl, doch sie gab sich Mühe zu lächeln. »Ich wollte Ihnen nur sagen, dass ich Ihnen dankbar bin, dass ich Sie verstehe ... Möge Ihnen Gott dafür viel Glück geben! Alles, was Sie mir neulich von Ihrem Träumer erzählten, ist gar nicht wahr; ich will viel mehr sagen, dass es mit Ihnen nichts zu tun hat. Sie fangen an zu genesen und sind wirklich schon ein ganz anderer Mensch, als wie Sie sich schilderten. Wenn Sie einmal eine andere liebgewinnen, so mögen Sie mit ihr glücklich werden! Doch der, die Sie lieben werden, brauche ich nichts zu wünschen, denn sie wird mit Ihnen ohnehin glücklich sein. Ich weiß es, weil ich selbst ein Weib bin, und Sie müssen mir glauben, wenn ich so spreche ...«

Sie schwieg und drückte mir fest die Hand. Auch ich war so erregt, dass ich kein Wort hervorbringen konnte ... So vergingen einige Minuten.

»Heute wird er wohl nicht mehr kommen!«, sagte sie schließlich und hob den Kopf. »Es ist zu spät!« »Er wird morgen kommen!« sagte ich bestimmt und überzeugend.

»Jetzt sehe ich selbst«, sagte sie wieder ermutigt, »dass er erst morgen kommen kann. Also auf Wiedersehen morgen! Wenn es morgen regnet, komme ich wahrscheinlich nicht. Doch übermorgen komme ich ganz bestimmt und in jedem Fall; kommen Sie bitte unbedingt her. Ich muss Sie sehen, ich will Ihnen alles erzählen.«

Und später, als wir uns verabschiedeten, reichte sie mir wieder die Hand und sagte, mich mit klaren Augen anblickend:

»Nun bleiben wir für immer beisammen, nicht wahr?«

Oh, Nastenka, Nastenka, wenn du nur wüsstest, wie einsam ich mich heute fühle!

Als es neun Uhr schlug, konnte ich es trotz des Regens, in meinem Zimmer nicht länger aushalten; ich kleidete mich an und ging hin. Ich bin dort gewesen und war auf unserer Bank gesessen. Ich ging sogar in ihre Nebengasse; doch unterwegs begann ich mich zu schämen: ich kehrte, nur zwei Schritte von ihrem Hause, um, und sah nicht einmal zu ihren Fenstern hinauf. Ich kam nach Hause so traurig, wie ich es noch niemals war. Diese feuchte, langweilige Witterung! Wäre das Wetter besser, so ginge ich wohl die ganze Nacht durch die Straßen …

Doch morgen, morgen! Morgen werde ich von ihr alles erfahren!

Ein Brief kam heute übrigens nicht. Das ist wohl ganz in Ordnung. Sie haben sich doch schon inzwischen gesehen …

* * *

### Die vierte Nacht

Mein Gott, was für ein Ende! Was für ein Ende!

Als ich um neun Uhr kam, war sie schon da. Ich bemerkte sie schon von weitem: sie stand wie bei unserer ersten Begegnung ans Geländer gelehnt und hörte gar nicht, wie ich mich ihr näherte.

»Nastenka!«, rief ich sie an, mit Mühe meine Erregung bezwingend.

Sie wandte sich rasch nach mir um.

»Nun?«, fragte sie, »nun? Schneller!«

Ich blickte sie verständnislos an.

»Wo ist denn der Brief? Haben Sie den Brief gebracht?«, fragte sie, sich am Geländer festhaltend.

»Nein«, sagte ich, »ich habe gar keinen Brief. Ist er denn noch nicht selbst hier gewesen?«

Sie wurde entsetzlich blass und sah mich lange unverwandt an. Ich hatte ihr ihre letzte Hoffnung genommen.

»Soll er nur gehen!«, brachte sie schließlich mit gebrochener Stimme hervor. »Gott sei mit ihm! Wenn er mich so verlässt.«

Sie senkte die Augen; dann wollte sie sie heben, um mich anzuschauen, konnte es aber nicht. Noch einige Augenblicke kämpfte sie mit ihrer Erregung; schließlich gab sie den Kampf auf, wandte sich weg, stützte sich auf das Geländer und begann zu weinen.

»Weinen Sie nicht! Weinen Sie nicht!«, fing ich an, hatte aber nicht die Kraft, fortzufahren, als ich sie in solchem Kummer sah; was hätte ich ihr auch sagen können?

»Versuchen Sie mich nicht zu trösten«, sagte sie, immer noch weinend. »Sprechen Sie nicht von ihm, sagen Sie mir nicht, dass er noch kommen wird, dass er mich gar nicht verlassen hat, so grausam, so unmenschlich, wie er das getan hat. Und warum, warum? War denn etwas in meinem Brief, in jenem unglückseligen Brief, was ihm den Grund dazu geben könnte?«

Tränen erstickten ihre Stimme; das Herz zerriss mir, wie ich sie so sah.

»Oh, wie unmenschlich grausam!«, begann sie wieder. »Und keine Zeile, keine einzige Zeile! Wenn er mir wenigstens geschrieben hätte, dass er mich nicht mehr brauche, dass er sich von mir lossage; er lässt mich aber drei Tage warten und schreibt nicht eine einzige Zeile! Wie leicht ist es doch für ihn, ein armes, schutzloses Mädchen zu verletzen, dessen einzige Schuld es ist, dass sie ihn liebt! Was ich in diesen drei Tagen alles durchgemacht habe! Mein Gott! Mein Gott! Wenn ich nur daran denke, dass ich den ersten Schritt machte, als ich damals zu ihm hinaufging, dass ich mich vor ihm so erniedrigte und ihn weinend um ein wenig Liebe anflehte ... Und jetzt ...« Sie wandte ihr Gesicht mir wieder zu, und ihre schwarzen Augen leuchteten: »Es ist doch nicht so! Es kann nicht sein! Das wäre unnatürlich! Entweder Sie haben sich getäuscht, oder ich; vielleicht hat er meinen Brief gar nicht bekommen? Vielleicht weiß er bis jetzt von nichts? Wie kann man denn, – urteilen Sie selbst, sagen Sie es mir, denn ich verstehe es einfach nicht! – wie kann man denn an einem Menschen so barbarisch roh handeln, wie er an mir? Nicht eine Zeile! Man hat doch mit dem verworfensten Menschen auf der Welt mehr Mitleid, als er mit mir! Vielleicht hat er etwas über mich gehört, vielleicht hat mich jemand vor ihm verleumdet?« Die letzten Worte schrie sie beinahe. »Nun, was glauben Sie?«

»Hören Sie, Nastenka, ich will morgen zu ihm gehen und mit ihm in Ihrem Namen sprechen.«

»Nun, und?«

»Und ich werde ihn ausfragen und ihm alles erzählen.« »Und weiter?«

»Schreiben Sie einen Brief. Sagen Sie nicht nein, Nastenka! Sagen Sie nicht nein! Ich werde ihn zwingen, Ihre Handlungsweise zu achten, er wird alles erfahren, und wenn ...«

»Nein, mein Freund, nein!«, unterbrach sie mich. »Es ist genug! Er bekommt kein Wort von mir zu hören, nicht eine halbe Zeile, es ist genug! Ich kenne ihn nicht, ich liebe ihn nicht mehr, ich werde ihn ver-ges-sen ...«

Sie kam nicht weiter.

»Beruhigen Sie sich, beruhigen Sie sich! Setzen Sie sich her, Nastenka!« Ich nötigte sie zum Sitzen.

»Ich bin ja ruhig. Was denken Sie? Das war eben nur so ... Die Tränen trocknen ja bald. Glauben Sie denn wirklich, dass ich mich zugrunde richten will, dass ich ins Wasser gehe? ...«

Mein Herz war übervoll. Ich wollte ihr etwas sagen, konnte aber kein Wort hervorbringen.

»Hören Sie doch!«, fuhr sie fort, meine Hand ergreifend. »Sagen Sie: Sie würden doch nicht so handeln? Sie hätten doch die, die als erste zu Ihnen kam, nicht so schmählich verlassen und nicht so schamlos über ihr schwaches, törichtes Herz gelacht?! Sie hätten sie doch geschont? Sie hätten doch daran gedacht, dass sie so einsam war, dass sie sich nicht beherrschen konnte und sich vor ihrer Liebe zu Ihnen nicht in acht zu nehmen verstand, dass sie ganz schuldlos war ... und nichts verbrochen hat ... Ach mein Gott, mein Gott ...«

»Nastenka!«, schrie ich auf, denn ich konnte meine Erregung nicht mehr bemeistern. »Nastenka! Sie martern mich ja! Sie verwunden mein Herz, Sie morden mich! Nastenka, ich kann nicht länger schweigen! Ich muss endlich sprechen und alles sagen, was sich aus meinem Herzen drängt!«

Bei diesen Worten erhob ich mich von der Bank.

Sie ergriff wieder meine Hand und blickte mich erstaunt an.

»Was ist mit Ihnen?«, fragte sie endlich.

»Hören Sie!«, sagte ich sehr entschieden. »Hören Sie, Nastenka! Was ich Ihnen sagen werde, ist unsinnig, unmöglich, töricht! Ich weiß, dass es ganz unmöglich ist, und doch kann ich nicht schweigen. Bei allen Leiden, die Sie jetzt tragen, beschwöre ich Sie, es mir zu verzeihen!«

»Aber was denn? Was?«, fragte sie einige Mal. Sie weinte nicht mehr und starrte mich mit seltsamer Neugierde an. »Was haben Sie?«

»Es ist unmöglich, doch ich liebe Sie, Nastenka! Das ist alles, was ich sagen wollte! Nun ist es heraus!« Ich winkte mit der Hand wie einer, der gar keine Hoffnung mehr hat. »Urteilen Sie jetzt selbst, ob Sie mit mir so sprechen dürfen, wie Sie eben sprachen, und ob Sie das anhören können, was ich Ihnen gleich sagen werde ...«

»Was denn? Was?«, unterbrach sie mich. »Was ist denn dabei? Ich wusste ja schon längst, dass Sie mich lieben, ich glaubte aber immer, dass Sie mich nur so, einfach so ... liebten ... Ach mein Gott, mein Gott!«

»Anfangs liebte ich Sie auch einfach so, Nastenka; doch jetzt, jetzt ... Ich stehe vor Ihnen ebenso da, wie Sie vor ihm dastanden, als Sie zu ihm mit Ihrem Bündel kamen. Und meine Lage ist noch schlimmer, denn er liebte doch damals niemanden, und Sie lieben ihn.«

»Was sagen Sie da? Nun verstehe ich Sie gar nicht mehr! Aber hören Sie, wozu, ich will sagen warum, fangen Sie jetzt damit an? Und so plötzlich ... Mein Gott! Ich spreche ja Unsinn! Doch Sie ...«

Nastenka wurde auf einmal ganz verwirrt. Ihre Wangen glühten, und sie schlug die Augen nieder.

»Was soll ich denn tun, Nastenka, was soll ich tun? Ich bin schuld, ich habe Ihr Vertrauen missbraucht ... Doch nein, nein! Ich bin nicht schuld, Nastenka; ich fühle es, und mein Herz sagt es mir, dass ich schuldlos bin, weil ich Sie doch nicht verletzen oder kränken will! Ich bin Ihr Freund gewesen; ich bin es auch jetzt; ich bin nicht untreu geworden. Nun kommen mir die Tränen, Nastenka. Sollen sie nur fließen, sie stören ja niemanden, sie werden trocknen, Nastenka ...«

»Setzen Sie sich doch, setzen Sie sich! Ach mein Gott!«

»Nein, Nastenka! Ich werde mich nicht setzen: ich kann nicht sitzen; ich kann auch nicht mehr wiederkommen, Sie werden mich nicht mehr sehen: ich will Ihnen alles sagen und dann fortgehen. Ich will Ihnen sagen, dass Sie niemals etwas davon erfahren sollten, dass ich Sie liebe. Ich hätte mein Geheimnis in meinem Herzen bewahrt. Ich hätte nicht angefangen, Sie jetzt, in einem solchen Augenblick mit meinen egoistischen Ergüssen zu quälen. Nein, das hätte ich nicht getan! Doch ich konnte es nicht länger aushalten; und Sie haben selbst die Rede darauf gebracht, Sie sind schuld, Sie sind an allem schuld, und nicht ich! Sie können mich nicht so von sich jagen ...«

»Aber nein, nein, ich jage Sie ja gar nicht fort!«, sagte Nastenka. Die Arme gab sich die größte Mühe, ihre Verwirrung zu verbergen.

»Sie jagen mich nicht weg? Nein? Und ich war eben selbst im Begriff, von Ihnen fortzulaufen. Ich werde auch wirklich fortgehen; zuvor will ich aber doch alles sagen, was ich auf dem Herzen habe; denn als Sie hier sprachen, und ich nicht ruhig auf meinem Platz sitzen konnte, als Sie weinten und sich quälten, weil ... (ich will es nun aussprechen, Nastenka!) weil man Sie verstoßen und Ihre Liebe zurückgewiesen hat, da fühlte ich, da merkte ich, dass mein Herz voller Liebe zu Ihnen ist! Und das Bewusstsein, Ihnen mit dieser Liebe nicht helfen zu können, brannte mir so auf dem Herzen, dass ich nicht schweigen konnte und sprechen musste. Ich musste sprechen, Nastenka! ...«

»Ja, ja! Fahren Sie nur fort, sprechen Sie nur so zu mir!«, sagte Nastenka in unerklärlicher, heftiger Bewegung. »Es kommt ihnen wohl sonderbar vor, dass ich Ihnen das sage? Ich bitte Sie aber: sprechen Sie weiter! Ich werde es später erklären, werde alles sagen! ...«

»Sie haben Mitleid mit mir, Nastenka! Einfach Mitleid, liebe Freundin! Was verloren ist, ist verloren! Was gesagt ist, lässt sich nicht aus der Welt schaffen! Nicht wahr? Nun wissen Sie alles. Das ist also unser Ausgangspunkt. Es ist ja alles sehr schön, doch hören Sie weiter. Als Sie vorhin hier saßen und weinten, dachte ich mir (lassen Sie mich nur sagen, was ich dachte!) dachte ich, dass Sie ... (ich weiß, dass es nicht stimmt, Nastenka!) ich dachte, dass Sie ... dass Sie irgendwie, nun, auf irgendeine Weise, dass Sie ihn nicht mehr lieben. Und wenn das wirklich so wäre, – ich dachte es mir schon gestern und auch vorgestern, – so hätte ich es sicher erreicht, dass Sie mich liebgewinnen würden: Sie haben es ja gesagt, Sie selbst haben es hier gesagt, dass Sie mich schon liebgewonnen hätten. Und weiter? Das ist beinahe alles, was ich sagen wollte; es bleibt nur noch zu sagen, was geschehen würde, wenn Sie mich nun wirklich liebgewönnen; nur das bliebe noch zu sagen, und nichts mehr! Hören Sie also, meine Freundin, denn Sie sind mir noch immer eine Freundin: ich bin ein einfacher, armer und unbedeutender Mensch, das tut übrigens nichts zur Sache! (ich sage immer etwas anderes, als ich sagen will; ich bin wohl zu aufgeregt); jedenfalls würde ich Sie so lieben, Nastenka, so lieben, dass, wenn Sie auch den, den ich nicht kenne, weiter liebten, meine Liebe Ihnen doch nicht zur Last fallen würde. Sie würden nur fortwährend wissen und fühlen, dass in Ihrer Nähe ein dankbares und warmes Herz pocht, das für Sie ... Ach Nastenka, Nastenka! Was haben Sie aus mir gemacht!«

»Weinen Sie nicht, ich will nicht, dass Sie weinen«, sagte Nastenka und erhob sich schnell von der Bank. »Kommen Sie, stehen Sie auf und kommen Sie mit mir

... Doch weinen Sie nicht, weinen Sie nicht!« Sie wischte mir mit ihrem Taschentuch die Tränen aus den Augen. »Kommen Sie! Vielleicht werde ich Ihnen etwas sagen können ... Wenn er mich auch wirklich verlassen hat, wenn er mich vergessen hat, und wenn ich ihn auch noch immer liebe (ich will Sie ja nicht betrügen!) ... aber hören Sie mich an und antworten Sie mir! Wenn ich Sie liebgewonnen hätte, das heißt, ich setze nur den Fall ... Ach, mein lieber Freund! Wenn ich nur daran denke, wie ich Sie verletzt und mit Ihrer Liebe Spott getrieben habe, als ich Sie dafür lobte, dass Sie sich in mich nicht verliebt hätten ... Mein Gott! Wie habe ich das nicht vorausgesehen, wie konnte ich das nicht bemerken, wie dumm war ich; doch ... Nun habe ich mich entschlossen! Ich will Ihnen alles sagen ...«

»Hören Sie, Nastenka, wissen Sie was? Ich will von Ihnen fortgehen. Ich quäle Sie ja nur. Nun haben Sie gar Gewissensbisse und werfen sich vor, dass Sie mit mir Spott getrieben hätten; ich will aber nicht, ich will einfach nicht, dass Sie außer Ihrem Kummer ... Natürlich bin ich schuld, Nastenka ... Doch leben Sie wohl!«

»Hören Sie nur: können Sie warten?«

»Worauf warten?«

»Ich liebe ihn noch. Doch das wird vergehen, das muss vergehen, es kann nicht noch länger währen; es vergeht schon, ich fühle es. Wer kann wissen, vielleicht wird es noch heute ganz aufhören, denn ich hasse ihn, weil er mich verhöhnt hat, während Sie hier mit mir weinten; denn Sie würden mich nicht so verstoßen haben, wie er; denn Sie lieben mich, und er hat mich niemals geliebt; denn ... auch ich liebe Sie ... Ja, ich liebe Sie! Ich liebe Sie so, wie Sie mich lieben: ich habe es Ihnen ja auch früher gesagt, und Sie haben es gehört: ich liebe Sie, weil Sie besser sind als er, weil Sie edler sind, weil er ...«

Die Arme war so erregt, dass sie nicht weiter sprechen konnte. Sie lehnte ihr Köpfchen an meine Schulter, dann an meine Brust und begann bitterlich zu weinen. Ich versuchte sie zu trösten, zu beruhigen, doch sie konnte nicht mehr aufhören. Sie drückte mir fortwährend die Hand und stammelte unter Tränen: »Warten Sie, warten Sie, ich höre gleich auf! Ich will Ihnen noch etwas sagen. Glauben Sie nur nicht, dass diese Tränen ... Es ist nur ein Anfall von Schwäche, warten Sie, es geht gleich vorüber ...« Endlich hörte sie auf, wischte sich die Tränen aus den Augen, und wir gingen weiter. Ich wollte mit ihr sprechen, doch sie bat mich immerwährend, noch etwas zu warten. Wir schwiegen beide ... Endlich nahm sie sich zusammen und begann mit schwacher, bebender Stimme, aus der aber plötzlich etwas Neues klang, was sich tief in mein Herz bohrte und darin ein unsagbar schmerzhaftes und zugleich süßes Gefühl weckte:

»Glauben Sie nur nicht, dass ich unbeständig und leichtsinnig bin; glauben Sie nicht, dass ich so leicht und schnell etwas vergesse und untreu werde ... Ich habe ihn ein ganzes Jahr geliebt, und ich schwöre bei Gott, dass ich ihm niemals, auch in Gedanken nicht, untreu war. Er hat meine Liebe missachtet. Er hat mit mir Spott getrieben – mag er nun gehen, Gott mit ihm. Er hat mich aber auch tief verwundet und mein Herz verletzt… Ich … ich liebe ihn nicht, denn ich kann nur einen Menschen lieben, der großmütig ist, der mich versteht und edel ist. Denn ich bin selbst so, und er ist meiner unwürdig, – Gott mit ihm! So ist es vielleicht auch besser, als wenn ich mich später in meinen Erwartungen betrogen gesehen und erfahren hätte, was für ein Mensch er ist … Das ist ja klar! Doch wer kann wissen, mein guter Freund«, setzte sie hinzu und drückte mir die Hand, »wer kann wissen, vielleicht war auch meine ganze Liebe zu ihm nur eine Sinnestäuschung und Einbildung? Vielleicht war sie nur deshalb aus einer Laune, aus einer Kinderei entstanden, weil ich von Großmutter so streng behütet wurde? Vielleicht sollte ich einen andern lieben und nicht ihn; einen Menschen, der mit mir Mitleid hat und … und … Doch genug davon, genug«, unterbrach sich Nastenka plötzlich, vor Erregung kaum atmend. »Ich wollte Ihnen nur sagen … ich wollte Ihnen nur sagen: wenn Sie, trotzdem ich ihn noch liebe, nein, geliebt habe, glauben … wenn Sie fühlen, dass Ihre Liebe so groß ist, dass sie schließlich die frühere aus meinem Herzen verdrängen kann … Wenn Sie mit mir Mitleid haben und mich nicht allein meinem Schicksal überlassen wollen, ohne Trost und ohne Hoffnung; wenn Sie mich immer so lieben wollen, wie jetzt, so schwöre ich Ihnen, dass meine Dankbarkeit … dass meine Liebe der Ihrigen würdig sein wird … Wollen Sie nun meine Hand?«

»Nastenka!«, rief ich schluchzend und um Atem ringend aus. »Nastenka! O Nastenka!«

»Nun ist es genug! Wirklich genug!«, brachte sie mit Anstrengung hervor. »Nun ist alles gesagt, nicht wahr? Ja? Nun sind Sie glücklich, und auch ich bin glücklich; also kein Wort mehr darüber! Haben Sie Geduld, schonen Sie mich … Sprechen Sie doch von etwas anderem, um Gottes willen! …«

»Ja, Nastenka, ja! Genug davon! Nun bin ich glücklich, ich … Ja, wollen wir von etwas anderem sprechen, schnell von etwas anderem … Ja, ich bin bereit. ..«
Wir wussten nicht, wovon wir sprechen sollten, wir lachten und weinten, wir sag-ten tausend Worte ohne Zusammenhang und Inhalt; bald gingen wir auf dem Trot-toir auf und ab, bald kehrten wir um und begannen die Straße zu durchqueren; dann blieben wir stehen und kehrten wieder auf den Kai zurück; wir waren wie Kinder …

»Ich bin heute noch ganz allein, Nastenka«, sagte ich, »doch morgen … Sie wis-sen ja, Nastenka, dass ich arm bin: ich bekomme nur zwölfhundert Rubel Jahresgeh-alt, das macht aber nichts …«

»Gewiss macht es nichts. Großmutter hat ihre Pension und wird uns nicht zur Last fallen … Wir müssen aber Großmutter zu uns nehmen.«

»Natürlich müssen wir Großmutter zu uns nehmen … Ich habe auch noch meine Matrjona …«

»Und wir haben die Fjokla!«

»Matrjona ist ja eine herzensgute Person, sie hat aber einen Fehler: es fehlt ihr an Verstand. Das macht aber nichts! …«

»Das macht wirklich nichts! Matrjona und Fjokla können gut zusammen leben. Sie müssen aber schon morgen zu uns ziehen.«

»Wie? Zu Ihnen? Gut, ich bin bereit ...«

»Ja, mieten Sie sich bei uns ein. Wir haben ja oben eine Mansarde; sie ist jetzt frei. Wir hatten zuletzt eine alte adlige Dame zur Mieterin; sie ist nun ausgezogen, und ich weiß, dass Großmutter jetzt am liebsten einen jungen Zimmerherrn haben möchte. Ich frage sie:»Warum einen jungen Mann?« Und sie sagt: »Ich bin ja schon alt ... Glaube aber nicht, Nastenka, dass ich einen Freier für dich suche.« Nun begriff ich, dass sie gerade das will ...«

»Ach Nastenka!«

Wir fingen beide zu lachen an.

»Nun genug, lassen Sie es gut sein. Wo wohnen Sie übrigens? Ich habe es schon ganz vergessen.«

»In der Nähe der X-Brücke, im Barannikow'schen Hause.«

»Ist es das große Haus?«

»Ja, das große Haus.«

»Ach ja, ich weiß schon, es ist ein ganz nettes Haus. Doch wissen Sie was, ziehen Sie aus und mieten Sie sich so schnell als möglich bei uns ein ...«

»Morgen will ich es tun, Nastenka, morgen; ich schulde zwar noch einen Teil der Miete, aber das macht nichts ... Ich bekomme bald mein Gehalt ...« »Wissen Sie was? Ich werde vielleicht Stunden geben; werde zuerst selbst etwas lernen, und dann andere unterrichten ...«

»Das wäre wirklich schön! Und ich bekomme bald eine Gehaltszulage, Nastenka ...«

»Schön, also von morgen ab sind Sie unser Zimmerherr ...«

»Ja, und dann wollen wir wieder einmal zum ,Barbier von Sevilla' gehen: er wird nämlich nächstens wieder aufgeführt ...«

»Gewiss wollen wir hin!«, sagte Nastenka lachend. »Doch nein, lieber nicht zum ,Barbier', sondern zu einem andern Stück ...«

»Gut, zu einem andern Stück; das wird auch viel netter sein, ich hatte es mir im Augenblick nicht überlegt ...«

Während wir dies sprachen, waren wir beide wie im Nebel, wie im Rausch, als wüssten wir selbst nicht, was mit uns vorging. Bald blieben wir stehen und sprachen lange, immer auf demselben Flecke bleibend, bald begannen wir wieder zu gehen und kamen Gott weiß wie weit, bald lachten wir, und bald weinten wir. Bald wollte Nastenka plötzlich nach Hause; ich wagte nicht, sie zurückzuhalten und wollte sie bis vor ihr Haus begleiten; wir gingen auch wirklich hin, merkten aber nach einer Viertelstunde, dass wir wieder auf den Kai zu unserer Bank geraten waren. Bald seufzte sie auf, und neue flüchtige Tränen traten ihr in die Augen ... und mich überlief es kalt, und ich wurde wieder verwirrt ... Schon drückte sie mir aber wieder die Hand und zwang mich von neuem auf und ab zu gehen, zu sprechen und zu scherzen ...

»Nun muss ich wirklich nach. Hause! Es ist wohl schon sehr spät«, sagte sie zuletzt. »Wir haben genug Unsinn geredet!«

»Ja, Nastenka, doch ich werde heute nicht mehr einschlafen; ich werde auch gar nicht nach Hause gehen.«

»Auch ich werde wohl nicht schlafen können; begleiten Sie mich aber bis vors Haus ...«

»Gewiss!«

»Diesmal wollen wir unbedingt bis zum Hause kommen!« »Ja, ganz bestimmt ...«

»Ihr Ehrenwort? Denn ich muss ja doch einmal heimkommen!« »Mein Ehrenwort!«, sagte ich lachend.

»Also gehen wir!«

»Gehen wir ... Schauen Sie nur den Himmel an, Nastenka! Morgen werden wir den schönsten Tag haben; wie blau der Himmel ist, wie schön der Mond scheint! Schauen Sie hin: eine gelbe Wolke will ihn eben verdecken, sehen Sie, sehen Sie! .. Nein, die Wolke ist schon vorbeigeschwommen. Schauen Sie doch hin, schauen Sie!«

Nastenka sah aber nicht zur Wolke empor. Sie stand schweigend und wie angewurzelt da; nach einigen Augenblicken schmiegte sie sich plötzlich seltsam scheu an mich. Ihre Hand zitterte in der meinigen; ich sah sie an ... sie schmiegte sich noch fester an mich.

In diesem Augenblick ging ein junger Mann an uns vorüber. Plötzlich blieb er stehen, sah uns aufmerksam an und machte noch einige Schritte ... Mein Herz erbebte ...

»Nastenka!«, fragte ich leise, »Nastenka, wer ist das?«

»Das ist er!«, antwortete sie flüsternd und drückte sich ganz fest an mich; dabei zitterte sie immer stärker ... Ich konnte mich kaum auf den Beinen halten.

»Nastenka, Nastenka, bist du es? Ja, das bist du!«, erklang eine Stimme hinter uns, und im gleichen Augenblick ging der junge Mann einige Schritte auf uns zu ...

Mein Gott, wie sie aufschrie! Wie sie zusammenfuhr! Wie sie sich von meinem Arme losriss und ihm zuflog! .. Ich stand ganz niedergeschmettert da und sah die beiden an. Doch kaum hatte sie ihm die Hand gereicht, kaum war sie ihm in die Arme gesunken, als sie sich plötzlich umwandte, wie der Wind, wie der Blitz zu mir eilte, und, ehe ich mich versah, mit beiden Armen meinen Hals umschlang und mir einen heißen herzhaften Kuss auf die Lippen drückte. Dann flog sie, ohne mir ein Wort zu sagen, ihm wieder zu, ergriff seine Hand und zog ihn mit sich fort.

Ich stand noch lange da und sah ihnen nach, bis sie meinen Blicken entschwunden waren.

## Der Morgen.

Meine Nächte endeten mit einem Morgen. Der Tag begann trüb und unfreundlich. Es regnete, und die Tropfen prasselten eintönig gegen meine Fensterscheiben; in meinem Zimmer war es dunkel, und im Freien trüb. Mein Kopf schmerzte und schwindelte; ein Fieber schlich sich durch meine Glieder.

»Ein Brief ist für dich gekommen, Väterchen, ein Stadtpostbrief, der Postbote hat ihn gebracht!« Es war Matrjonas Stimme.

»Ein Brief! Von wem?« Ich sprang vom Sessel auf.

»Ich weiß es nicht, Väterchen; sieh nach, vielleicht steht es im Briefe selbst, von wem er ist.«

Ich erbrach den Umschlag. Der Brief war von ihr.

»Oh, verzeihen Sie, verzeihen Sie mir!«, schrieb Nastenka, »auf den Knien flehe ich Sie um Verzeihung! Ich habe Sie betrogen und auch mich selbst betrogen. Es war ein Traum, eine Sinnestäuschung ... Der Gedanke an Sie quälte mich heute den ganzen Tag; verzeihen Sie mir!«

»Klagen Sie mich nicht an, denn meine Gefühle gegen Sie sind nicht im geringsten verändert: ich sagte Ihnen, dass ich Sie lieben würde; und ich liebe Sie auch jetzt, und es ist sogar mehr als Liebe. Oh, mein Gott! Wenn ich Sie doch beide zugleich lieben könnte! Oh, wären Sie doch – er!«

– Oh, wäre er doch – Sie! – deine Worte sind es, Nastenka, die mir durch den Kopf gehen!

»Gott sei mein Zeuge, dass ich für Sie jetzt alles tun würde! Ich weiß, dass es Ihnen jetzt schwer und traurig zumute ist. Ich habe Sie tief gekränkt, doch Sie wissen: wenn man liebt, vergisst man schnell jede Kränkung. Und Sie lieben mich ja!«

»Ich bin Ihnen dankbar! Ja, für Ihre Liebe dankbar. Denn sie lebt in meiner Erinnerung fort wie ein süßer Traum, an den man noch lange Zeit nach dem Erwachen denkt; denn ich werde ewig an den Augenblick denken, wo Sie mir so brüderlich Ihr Herz offenbarten und so großmütig mein armes, verwundetes Herz, das ich Ihnen darbrachte, hinnahmen, um es zu pflegen, zu behüten und zu heilen ... Wenn Sie mir nun verzeihen, so wird die Erinnerung an Sie verklärt sein durch das Gefühl ewiger Dankbarkeit, das aus meinem Herzen niemals verschwinden wird ... Ich werde diese Erinnerung treu bewahren, denn ich kann meinem Herzen nicht untreu werden: es ist beständig. Es ist auch gestern sofort zu dem zurückgekehrt, dem es ewig gehörte.

»Wir werden uns wiedersehen, Sie werden uns besuchen, Sie werden uns nicht verlassen, Sie werden immer mein Freund und Bruder sein ... Und wenn Sie mich wiedersehen, werden Sie mir Ihre Hand geben ... Ja? Sie werden mir doch Ihre Hand geben, Sie haben mir ja schon verziehen, nicht wahr? Sie lieben mich doch wie früher?

»Oh, versagen Sie mir Ihre Liebe nicht, verlassen Sie mich nicht, denn ich liebe Sie jetzt so sehr, denn ich bin Ihrer Liebe wert, – ich will ihrer würdig sein ... mein lieber Freund! In der nächsten Woche heirate ich ihn. Er ist ganz verliebt zurückgekehrt, er hat mich niemals vergessen … Sie werden mir nicht zürnen, dass ich von ihm schreibe. Ich will mit ihm zu Ihnen kommen; Sie werden ihn liebgewinnen, nicht wahr?

»Verzeihen Sie mir, denken Sie an mich und behalten Sie lieb

Ihre Nastenka.«

Lange las ich den Brief; Tränen wollten mir in die Augen treten. Schließlich entfiel das Blatt meiner Hand, und ich verbarg das Gesicht in den Händen.

»Väterchen! Du, Väterchen!«, begann plötzlich Matrjona.

»Was denn, Alte?«

»Ich hab doch das ganze Spinnengewebe von der Decke heruntergeholt. Nun kannst du meinetwegen heiraten, oder Gäste zusammenrufen, ganz wie es dir beliebt …«

Ich sah Matrjona an. Sie war eine noch rüstige, jugendliche Alte, aber ich weiß nicht warum, plötzlich erschien sie mir als eine Greisin mit erloschenen Augen, runzligem Gesicht, gebückt und gebrechlich … Ich weiß nicht warum, auch mein Zimmer erschien mir plötzlich ebenso gealtert wie Matrjona: die Wände und Fußböden verblichen, alles fahl, und an der Decke noch mehr Spinngewebe als je. Ich weiß nicht warum, auch das Haus gegenüber erschien mir, als ich zum Fenster hinausblickte, auf einmal alt und baufällig, der Verputz an den Säulen gesprungen und abgebröckelt, die Gesimse voller Risse und rauchgeschwärzt, und die früher ockergelben Mauern – gescheckt …

Vielleicht kam es nur daher, dass der Sonnenstrahl, der plötzlich aus den Wolken hervorgebrochen war, sich wieder hinter einer Regenwolke versteckte, so dass sich alles wieder verdunkelte; oder war an mir die ganze trostlose und unfreundliche Perspektive meiner Zukunft vorbeigeschwebt, und ich sah mich selbst, wie ich jetzt bin, doch um fünfzehn Jahre gealtert, in diesem selben Zimmer sitzen, ebenso einsam wie jetzt, mit derselben Matrjona, die in diesen Jahren nicht im geringsten klüger geworden ist? …

Aber dass ich die Kränkung nicht verziehe, Nastenka; dass ich dein heiteres, wolkenloses Glück mit einem Schatten trübte; dass ich dir Vorwürfe machte; dass ich in deinem Herzen Trauer und heimliche Gewissensbisse weckte und es in Augenblicken höchster Wonne kummervoll pochen ließe; dass ich auch mir eine der zarten Blüten, die du, bevor du mit ihm zum Traualtar gehst, in deine dunkle Locken flichtst, entblätterte … Oh, nie, nie werde ich das tun! Dein Himmel sei immer heiter, dein liebes Lächeln – licht und sorglos, und du selbst sei gesegnet für den Augenblick der Seligkeit und des Glücks, den du einem andern einsamen und dankbaren Herzen schenktest!

Mein Gott! Ein ganzer Augenblick der Seligkeit! Genügte er nicht für ein ganzes Menschenleben?

\* \* \*

**Nichts: ein Geschenk für Erwachsene, die schon alles haben.
Witzig und genial.**

Mit diesem Buch triffst Du genau ins Schwarze: Du erfüllst damit
ausdrücklich den Wunsch der Leute, die sich nichts wünschen.
Garantiert fliegen Dir damit die Herzen der Beschenkten zu und Du
hast die Lacher auf Deiner Seite.
Übrigens: Die leeren Seiten lassen sich natürlich befüllen, zum Beispiel als Tage-, Notiz- oder Malbuch.

NICHTS: Das Geschenk, das Du Dir gewünscht hast.
60 Seiten, 5,99 €. ISBN: 978-3-752-80542-0